小説

千本桜 壱

原案／黒うさP／WhiteFlame
著／一斗まる

20725
角川ビーンズ文庫

帝都桜京全景

登場人物設定画

初音《はつね》未來《みく》

14歳

中等科に通う桜小隊の學徒兵。現代世界から大正世界に転移してしまう。

「平成から来てごめんなさい……」

青音《せいね》海斗《かいと》

20歳

桜小隊の隊長。何事にも厳しい印象だが心根は優しい。

「帝國軍人ならば云い訳はするな！」

鏡音《かがみね》錬《れん》

12歳

「僕が帝都の平和を護る！」

鏡音姉弟の弟。
初等科に通う
桜小隊の學徒兵で
姉想いの少年。

「…………」

鏡音《かがみね》鈴《りん》

12歳

双子である
鏡音姉弟の姉。
初等科に通う
桜小隊の學徒兵。

紅音《あかね》鳴子《めいこ》
23歳
「あら、あたしは密偵だもの」
桜小隊の諜報員。
自由自在に変装して
情報収集を行う。
巡音《めぐりね》流歌《るか》
18歳
「『みるくほうる』カフヱへようこそ〜！」
みるくほうるカフヱで働く女給。
天然のドジっ子。

小説 千本桜 壱

目次

口絵・本文イラスト／一斗まる

小説
千本桜
壱
原案：黒うさP／WhiteFlame
著・イラスト：一斗まる

序幕

千本桜夢現

――せんぼんざくらゆめうつつ――

第一場

日ノ本《ひのもと》の国に今年もこの季節が巡りくる。

満開の桜の下、街中が薄紅色に染まる季節。雲ひとつ無い絶好の花見日和《びより》。

木陰に留まる薄汚れた冬の忘れ雪を、溶かすように花片《はなびら》が優しく覆っていく。

「ほんっと春っていいわねぇ……夜桜を肴《さかな》にお酒を飲むのも一興だけど、ぽっかぽか陽気の中で長閑《のどか》にまどろみながら飲む酒はまた格別だわ～」

目の前に広がる春ならではの景観を他の花見客と同様に楽しみながら、日本酒の一升瓶を豪快にあおっていた深紅の出《い》で立ちの美女が感嘆の声を上げる。

その美女の膝枕で心地よさげにうたた寝をしている男が「飲み過ぎ、鳴子《めいこ》」とつぶやくと、鳴子《めいこ》は「うるさい、海斗《かいと》」と即座に返し、蒼《あお》い髪の頭をぴしゃりとたたいた。

海斗《かいと》は苦笑しながら「はいはい」と答え、彼女とは逆側に寝返りをうつと、まどろむ意識の中、うっすらとまぶたを開けた。

その視線の先、周囲の喧騒をよそに春風に舞う桜の花片をまとい、鶯《うぐいす》色の髪の少女が歌い踊っている。

「……未來《みく》、また歌がうまくなったなぁ」

思わずそうつぶやき、そのまま再び眠りに落ちていく海斗《かいと》に、鳴子《めいこ》は「本当にね」とほほえむと未來《みく》に拍手を送った。その拍手の音につられるように、鳴子《めいこ》たちの真向かいに座していた金髪の双子もぱちぱちと拍手を送る。

突然の拍手に、未來《みく》と呼ばれた少女は、面食らったようにみんなを振り返った。

「やだ鳴子《めいこ》姐《ねえ》、鈴《りん》も錬《れん》も……いったいなぁに？」

「歌がうまくなったなぁって、素直に感心してんの。春を舞う、桜の歌姫って感じ？ ……なかなか絵になってたわよ」

何気ない家族たちの褒め言葉がよほどうれしいのか、未來《みく》は朱が刷《は》かれた頬《ほお》を見られまいと照れくさそうに背を向ける。

「だって、ほら、本当に綺麗。こんなに沢山の桜の下で歌が歌えるなんて、まるで『夢の世界』みたい」

両の腕を広げ、桜色に染まった春風をその身いっぱいに受け止めながら、未來《みく》は夢見る瞳で花吹雪を見上げた。

「でもこの感じ……どこかで見たことがあるような？」

目を細め、空に右手を伸ばす姉を、端で眺めていた双子の姉弟《きょうだい》がクスクスと笑う。

「夢の世界って……未來《みく》姉ってば、去年もそんなこと言ってなかった？」

一番下の弟の錬《れん》が茶化すように言うと、純白のリボンを直しながら鈴《りん》もうなずいた。

「言ってた、言ってた。遠い昔の大ーっきな桜の木の話」

「遠い昔の大ーっきな桜……？ 何それ、ボクそんなこと言ったかしら」

不思議そうに小首をかしげる未來《みく》へと、ひらりひらりと桜の花片《はなびら》が静かに降り注ぐ。

毎年、春が訪れる度にこの桜並木の下で花見をしながら食べたり飲んだり歌ったりすることが、未來《みく》たちの一番の楽しみだった。

去年もその前もそうであったように、来年も再来年も、ずっとこうして家族みんなと一緒に日々を重ねていくに違いない。それはとても平凡な幸せだけれど、何ものにも代えがたい大切な日常なのだ。

桜の木々の間からこぼれる暖かな春光が、そんな未來《みく》たちのささやかな未来を照らしているようで、誰もが自然と笑顔になった。

「こんな見晴らしのいい場所を、一ヶ月も前から確保してくれた海斗《かいと》兄に感謝だね」

錬《れん》が、にこやかに三色団子を頬張《ほおば》りながら言った。

その横でまるで合わせ鏡のように同じ動作で三色団子を食べる鈴《りん》も続ける。

「でもその海斗《かいと》兄は、せっかくの桜に背を向けてまた居眠りしちゃってるんだけどね」

鈴《りん》の言葉に、鳴子《めいこ》は自分の膝枕で呑気《のんき》に爆睡している海斗《かいと》を見下ろすと苦笑した。

「いくら場所取りで疲れているとはいえ、まったく失礼な男よねぇ。身近な花にも気づきやしない」

そう不満げにぼやくと、鳴子《めいこ》はおもむろに一升瓶をつかみ上げる。

「！」

まさか、その一升瓶を海斗《かいと》の頭の上にでも振り下ろすのではないかと、その場にいた全員が一瞬冷やっとしたが、何事もなかったかのように、ぐびぐびと飲み続ける鳴子《めいこ》の姿に、一同はほっと胸を撫で下ろした。


宴もたけなわと、花見客たちのどんちゃん騒ぎが勢いを増す中、鳴子《めいこ》はスッカラカンになった最後の一升瓶をもたげ、その口を未練がましく片眼でのぞき込みながら、唐突に話し始めた。

「そういえばさ～、この辺りに伝わる奇妙な噂、知ってる～？」

酒豪で鳴らした鳴子《めいこ》も、相当出来上がっているのかいよいよ呂律《ろれつ》が怪しくなってきた。

そんな姉に、未來《みく》は興味深げに身を乗り出す。

「奇妙な噂って？」

「美しい桜に心を奪われると、どこからか神様が謡《うた》う歌が聞こえてきて、『神隠し』に遭《あ》うって話。噂っていうか、昔話かな？」


神様の謡う歌……神隠し……。

未來《みく》は心の奥深くに何かが思い当たるような気がして、重ねた両の手で胸元を押さえた。

「ねえ、鳴子姐《めいこねえ》。神隠しってなあに？」

好奇心たっぷりに尋ねる鈴《りん》とは対照的に、錬《れん》は今がチャンスとばかりに、重箱に所狭しと咲く色とりどりのおかずたちを胃袋に詰め込む作業に夢中になっている。

「神隠しっていうのは……神様にさらわれて、どこかにいなくなっちゃうこと、かな？」

小学六年生になったばかりの鈴《りん》にもわかるように、鳴子《めいこ》はなるべく簡単な言葉を選んで説明した。といっても、これ以上詳しく聞かれても鳴子《めいこ》にもわからないのだが、おそらく意味は間違っていないはずだ。

「じゃあ、流歌《るか》姉も神隠しに遭《あ》ったの？」

鈴《りん》はまるで西洋人形のような、つぶらな瞳をしばたたかせて尋ねる。

「流歌《るか》が？　どうして？」

「だっていないもん」

鈴《りん》の言葉に、爆睡を続けている海斗《かいと》を除いた全員が辺りを見回した。

そういえば上から二番目の姉、流歌《るか》がブログに載せる写真を撮りにいくと言って、一人きりで出かけたまま、もうかなりの時間が経っている。

「あの子のことだから、まーたどっかで迷子になってるんれしょ」

鳴子《めいこ》は明るく笑い飛ばしたが、未來《みく》はそれを聞いた途端に真っ青になった。

無論、流歌《るか》が『神隠し』に遭ったなどと思ったからではない。彼女が信じられないほどの……桁外れな、いや、規格外の、人智を逸した『方向音痴』だからだ。

あれは去年の花見の席。同じようにふらっと出かけて、流歌《るか》はとうとうその日は戻ってこなかった。未來《みく》たちは警察にも届け出て必死に捜し回ったが、結局、流歌《るか》は一週間後に自力で歩いて家に戻ってきたのだ。

「流歌《るか》は方向音痴のくせに桜の木の保護色だから、こういう場所で迷子になると捜すの大変なのよね」

保護色……。

確かに流歌《るか》の長い髪は見事な撫子《なでしこ》色だが、今はそんな冗談に感心している場合ではなかった。

未來《みく》は急いでポケットから携帯電話を取り出し、電話を掛けてみる。と、同時に、鳴子《めいこ》の傍《かたわ》らに置かれたバッグの中から、『紅一葉《あかひとは》』の着メロが鳴り響いた。

流歌《るか》の携帯電話の着信音だ。

「あの子、ケータイ忘れてってる。というより、バッグごと置きっ放し！　あーあ、もう。ご自慢の一眼レフのカメラも持っていってないってナイんじゃない！　いったい何をどう撮るつもりらったのよ⁉」

開けっ放しの流歌《るか》のバッグの中から携帯電話を取り出し、「もしも〜し。ただいま流歌《るか》は迷子中です。ピーという発信音の後に……」と言うと鳴子《めいこ》は一人で爆笑した。だめだ。完全に出来上がってる。

問題の流歌《るか》もカメラを忘れたことに気づけば、普通ならすぐに引き返してくるはずだが、それが戻らないとなると、やはりまた迷子になっているとしか考えられない。

「はあ、もう仕方ない。あたし、ちょっと流歌《るか》を捜してくるわ。桜並木沿いに歩いていけばすぐに見つかるれしょ」

鳴子《めいこ》はひとしきり笑った後、一升瓶を支えにして立ち上がろうとして、それが出来ないことに気づいた。膝の上で気持ちよさそうに寝ている海斗《かいと》を睥睨《へいげい》して忌々《いまいま》しそうに舌打ちする。

「あ、やっぱりボクが捜してくる。鳴子《めいこ》姐《ねえ》はそのままでいて。海斗《かいと》兄も場所取りでここのところ、ぜんぜん寝てないし……」

疲労困憊《こんぱい》の海斗《かいと》と泥酔寸前の鳴子《めいこ》の身を案じ、未來《みく》は流歌《るか》を捜しにいく役を買って出た。

「ん。そう？　なんか悪いわね、未來《みく》。あんたってば、歌だけじゃなくて空気読むのまでうまくなっちゃって～」

「だって鳴子《めいこ》姐もかなり酔ってるみたいだし、そのまま行かせたら迷子が増えるだけだもん」

「はは、違いないわ」

すでに莫蓙《ござ》の端にしゃがんで、お気に入りの赤い靴のベルトの金具をパチンと留めて履いている未來《みく》に、鳴子《めいこ》は肩をすくめて苦笑した。

「じゃあ、行ってくる。流歌《るか》姉が見つかったら電話、するから……ふわぁ……」

立ち上がったその瞬間、未來《みく》は突然、意識を失いそうになるほどの強烈な睡魔に襲われた。

――あれ。なんで、こんなに急に眠く……。

「まさか未來《みく》姉も寝不足？　僕たちも一緒に行こうか？」

大きなあくびをしてふらつく未來《みく》を見て心配げな顔を向ける錬《れん》と鈴《りん》に、大丈夫だからと未來《みく》はほほえんだ。その代わり泥酔気味の鳴子《めいこ》と眠りこけている海斗《かいと》をお願いねと告げる。

「ああ、待って、未來《みく》」

未來《みく》が歩き出そうとしたところで、鳴子《めいこ》が呼び止める。未來《みく》は地面に付きそうなほどの鶯《うぐいす》色の長い髪を翻《ひるがえ》し振り返った。始終ご機嫌だった鳴子《めいこ》が、やけに真剣な眼差《まなざ》しを未來《みく》に向け、一言釘を刺す。

「流歌《るか》を捜しにいくのはいいけど、あんたも子供の頃に、ここで一度迷子になったことがあるんらから……気をつけなさいよ」

「え……？」

未來《みく》は息を飲んだ。

鈴《りん》と錬《れん》も驚いたように同時に鳴子《めいこ》を見つめ、次いで未來《みく》を見た。

「…………」

ボクが――ここで迷子になったことがある？

初耳だった。そんなこと、今鳴子《めいこ》姐《ねえ》に言われるまで知らなかった……。

「まあ、あんたの場合は、すぐ見つかったんらけどね……」

そう、鳴子《めいこ》は付け足した。

第二場

――流歌《るか》姉、どこまで行っちゃったんだろう……。

行けども行けども桜、桜、桜。

果てしなく続いているのか、それとも同じ処《ところ》をぐるぐると巡り続けているのか、それすらもわからなくなるほど、未來《みく》は、この桜並木の迷宮をもう四、五〇分は走り廻《まわ》っている。

並木というよりまるで桜の海――この一帯を『千本桜《せんぼんざくら》』と呼称する所以《ゆえん》だ。

木々の合間からこぼれる光と桜の花片《はなびら》が幾重《いくえ》にも降り注ぎ、あたかも未來《みく》のゆく手を阻《はば》むように世界を桜色へと塗り替えていく。

それは幼き頃に見た、くるりと廻せばきらりと光り、様々に姿を変える万華鏡のように……。

忘れていた遠い記憶が蘇《よみがえ》った気がして、その光の先に手を伸ばした刹那《せつな》――。


「……!?」


どこからともなく響き渡る旋律に、未來《みく》は弾かれたようにその場に立ち止まる。

そして、気づいた。

舞い散る桜吹雪の中、眼前にそびえ立つ、視界を覆うほどの桜の大樹に。

奉

その堂々たる樹幹には、巨大な注連縄《しめなわ》が厳《おご》そかに巻かれていた。

「なんて立派な桜……」

その木肌に手を触れると、感嘆のため息を漏らし、未來《みく》は思わずつぶやいていた。

美しい桜に心を奪われると、どこからか神様が謡《うた》う歌が聞こえてきて、『神隠し』に遭《あ》うって話——。


ふと、未來《みく》は、先ほど聞いたばかりの鳴子《めいこ》の話を思い出した。

——ま、まさか、これが神隠し……とか？

未來《みく》は咄嗟《とっさ》に自身の束ね髪を両の手で握ると、思い切り横に引っ張ってみた。

び————————ん！

痛い。やはりこれは現実だ。

しかし、現実ならば、先ほどまでのまばゆいばかりの春光はいったいどこへ消え失せたのだろう？　いつしか漆黒に染まった夜空には、仄暗《ほのぐら》い月が浮かんでいた。

蒼白《あおじろ》い月の光の下、急に不安に駆られて未來《みく》は叫んだ。

「だ、誰かいませんか⁉」

振り絞るような未來《みく》の声は、闇に吸い込まれ、再び静寂が押し寄せる。

周囲には花見客もいなければ、無論、神様も見あたらない。

目の前には、どこまでも広がる闇と、巨大な桜の樹。

この世界にいるのは、まるで自分一人になったように思えてくる。

そんな不安を振り切るように、未來《みく》は頭を振った。

その直後、未來《みく》の背後に、黒い何かが飛び出してきた。

「えっ！　な、何⁉」

「…………」

無言のまま、ゆっくりとこちらへ近づいてくるその影は、一見した限り……そう、黒装束の……『女忍者』だった。

なんで忍者の恰好《かっこう》をした女の人が⁉　も、もしかしてコスプレ？

「こんばんは、群れからはぐれた、小鳥ちゃん？」

「ああ、良かった、人がいて……」

未來《みく》は安堵《あんど》に胸を撫で下ろす。

「こんばんは、あのう、お訊《たず》ねしたいことが……ここっていったい……ひっ⁉」

声を掛けた瞬間、空気が鋭い音を立ててうなる。

反射的に、未來《みく》は背骨が軋《きし》むほど大きく上体を反らした。と同時に、鼻先をかすめるように何かが高速で飛び越していく。

逃げ遅れた長い髪がひと房、引き千切られて闇に舞う。

「ふっ、さすが帝國軍人《ていこく》。確実に仕留めたと思ったけど……まさか避《よ》けるとはね」

「て、ていこく軍人んん⁉」

未來《みく》は改めて自分の姿を見て、そのクリッとした瞳をさらに大きく見開いた。

先ほどまでは確かにフリルの袖口が付いた桜色のパフスリーブのブラウスに、黒茶のプリーツスカートと赤い靴を履いていたはずなのに……。

それがいつの間にか、着物の袖に『桜』と覚《おぼ》しき柄の入った長春色《ちょうしゅんいろ》の軍服を着ている。丈の短いスカートからは、太ももの半ばまであるニーハイソックスと、靴底が下駄という見たことも聞いたこともないブーツを履いていた。

——い、いつの間に、ボクまで、こんなコスプレを⁉

「ふふ、そういえばアンタ……さっきアタシに何か訊きたいことがあるって云《い》ってたわね？」

「え？　そ、そうなんです！　もう色々とわからないことばかりで……」

姉を捜して走り廻っていたと思ったら、まるで瞬間移動でもしたかのように知らない場所に居たり、いつの間にか軍服に着替えていたり、女忍者が現れたり……。

本当にわからないことだらけだった。頭が混乱してしまう。

「あのう、実はボク……」

「ああーっ、最後まで云わなくてもいいわ。アタシの特技はね、他人の悩みが手に取るようにわかることなのよ」

「そ、そうなんですか⁉」

「…………」

女忍者は静かに瞳を閉じる。

そして数秒後、くわッと目を見開いた。

「そう！　ズバリ、アンタの悩みは、その平たい胸‼」

失礼な。

忍者は未來《みく》を挑発するかのように一歩踏み出した。

たわわな胸が上下に大きく揺れる。

このボクへの――挑戦としか思えない。

未來《みく》も負けじと一歩踏み出す。

しかし、残念ながら何も揺れなかった。

「でも……いいわよね、アンタ」

目の前に対峙した忍者は、急にそのルージュを引いたような赤い唇から、長年の疲れを吐き出すように深いため息を漏らすと、恨めしげにつぶやいた。

「若くてぷりぷりしてて、肌もしっとり綺麗で、キラキラしてて可愛《かわい》くて……うらやましいわ」

一転して未來《みく》のことを嫉妬するような目で睨《ね》め付けると、手元にパシリと『鎖鎌』を引き戻し握り締めた。

「そして同時に……そのぷりぷりしっとりキラキラがこれ以上無いほどに妬《ねた》ましいのよっ！」

怒気と共に鎖鎌の一方の端を地面にたたきつけると、分銅は地中に抉《えぐ》り込み、その地響きに揺らいだ巨樹がばっと桜の花片《はなびら》を散らした。

先ほど空気が音を立ててうなったのは、この武器のせいだ。もし、あんなものが本当に当たったら、絶対、怪我《けが》だけじゃ済まされないと思う！

「あの、その、く、鎖鎌とか……物騒なもの、どうかしまって下さい。これは何かの冗談ですよね？　映画か何かの撮影で、カメラがどこかにあるんですよね？」

そうだ。これはきっと撮影に違いない。

映画のセットなら、この見たこともないほどに巨大な桜の木の存在にもうなずける。よくできてるけど、きっと作り物だ、ハリボテだ。

ボクは何かの撮影現場にまぎれ込んでしまって、この人は忍者を演じているのだ。

「撮影？　アンタこれが活動写真か何かだと思ってるの？　お生憎様《あいにくさま》。残念ながら、そんなお気楽なもんじゃないわ。だってアンタはこれから、アタシに喰《く》われるんだから」

「……くわれる？」

「あら、わからない？　つまりはこういうことよ！」

忍者に蹴り飛ばされたと理解したのは、未來《みく》が何メートルも後方の桜の木に激しく頭と背中をぶつけた後だった。

「……くっ……ぁ」

痛みは意外にも感じず、意識だけが遠のく。軽い脳震盪《のうしんとう》を起こしたのか、視界が霞《かす》んだ。

全身から力が抜けていく。桜の幹に寄りかかった躯《からだ》が、徐々にかしいで地面に倒れていく。

「他愛も無い……反撃はどうしたのよ？　帝都を守護する不死身の『神憑《かみつき》』といえど、所詮《しょせん》、小娘の力ではこの程度なのかしら？」

忍者は無様に地面に転がったままの未來《みく》に近づき、見下すような口調で吐き捨てた。睥睨《へいげい》したまま片足を上げると、まだ動けないでいる未來《みく》の躯を踏みつける。

未來《みく》は朦朧《もうろう》とする意識の中、なんとか躯を潰《つぶ》されないように両腕を胸の前で交差させて護《まも》る。

そして両腕に力を込め、声無き声で抗議する。

なんてこと！

よりによってなんで胸!?

「弱すぎる……が、まあいいわ。永遠の命を持つ『神憑』を喰らえば、アタシはまたしばらくこの美貌《びぼう》を保つことができる……」

どこかうっとりするようにつぶやいた忍者は、ようやく未來《みく》を蹴りつけるのをやめると、今度はその細い首に手を掛けて、そのまま片手で未來《みく》の躯を持ち上げた。

蒼白《あおじろ》い満月の光が反射して、忍者の残忍な瞳が鈍く光る。

彼女はまるで吸血鬼のように、未來《みく》の首筋に唇をつけようとする。

——こ、殺される……。

「ちょっと待った！」

やにわに投げかけられた声に、忍者は振り返った。

黒い半外套《はんがいとう》を小粋に翻《ひるがえ》して現れた金髪の少年が、上斜め前方に挙手しながら声を張り上げる。

「我ら大日本帝國《ていこく》『神憑《かみつき》特殊桜小隊』！　鏡音錬《かがみねれん》！　そして、今一人はっ」

そう息巻き、颯爽《さつそう》と名乗りを上げる少年の横には——。

隻眼《せきがん》の少女が、心ここにあらずといった風で、ただぼうっと突っ立っている。

「い、今一人は、姉の鈴《りん》！」

仕方なく少年は補足した。

突如、目の前に現れた、双子の姉弟《きようだい》の登場に、未來《みく》は目を見開いた。

二人ともいつ着替えたものか、未來《みく》と同じような振袖の付いた軍服を着ている。鈴《りん》と錬《れん》の振袖にはそれぞれ、『蝶《ちよう》』と『扇《おうぎ》』の模様が施されていた。

「錬《れん》!?　それに鈴《りん》も！」

きっと二人のことだから、何か遊びの延長だとでも勘違いして、ノリノリで参加してきたに違いない。鈴《りん》も錬《れん》も知らないのだ。目の前にいる忍者がどれだけ危険人物かということを。

「かっこつけてないで、二人とも、に、逃げて！」

必死の思いで未來《みく》はかすれた声を絞り出して叫んだ。こんなわけのわからない相手に、大切な妹と弟を傷つけさせるわけにはいかない。

「神憑特殊桜小隊？　……なるほどねえ、アンタたちもこの娘と同じ、『神憑』ってわけ？

ふふ、今夜は食べ放題じゃないの」

「貴様！　未來《みく》姉から離れろ！　出でよ弐扇《にせん》！」

黄金色の光と共に顕現《けんげん》した二柄《へい》の扇を手に錬《れん》は地を蹴った。

真っ正面から勢いよく突進してくる少年を、忍者は鎖鎌を構えもせずに、くっくっと、不敵に嗤《わら》いながら、待ち受けている。

「だめ、錬《れん》、相手にしちゃ！」

戦いの経験など皆無だったが、未來《みく》はそう確信した。

「僕が帝都の平和を護《まも》る！　あとついでに未來《みく》姉も！」

ついで⁉

未來《みく》が制止するよりも一瞬速く、錬《れん》は忍者に疾風《はやて》のごとく飛び掛かった。

跳躍しながら身をよじり、右手の扇を投げつけ、それを敵が鎌で弾き返した瞬間、さらに左の扇で追い打ちを掛ける。

しかし、忍者はその攻撃を紙一重で避けると、錬《れん》の顔を狙って分銅を繰り出した。

「ぐっ！」

「錬《れん》‼」

夜目にもはっきりと血飛沫《ちしぶき》が上がった。錬《れん》が片目を押さえて、どうっと地面に崩れ落ちる。

「ひ、人殺し！」

叫びながら未來《みく》は、咄嗟《とっさ》に拾い上げた石を投げつけた。こんなものでこの忍者を撃退できるとは思えない。が、何もせずに黙って見ているわけにはいかない。

震える膝を手で押さえながら立ち上がると、未來《みく》は精一杯の虚勢を張った。

「二人には手を出さないで！　ボ、ボクが、相手になってやる……！」

未だ視界は回復せず、ともすれば意識すら手放しそうになる中で、未來《みく》は必死に忍者を睨み付ける。もちろん、勝てる見込みなんて万にひとつも無い。だけど、たとえ自分の身がどうなろうと、大切な家族……鈴《りん》と錬《れん》を護《まも》らねば。

「『家族愛』という名の調味料ね、嫌いじゃないわそういうの」

そう云《い》うやいなや、忍者は鎖鎌の分銅をまるで生き物のように操り、未來《みく》を捕らえると、その細い首を絞め上げた。

「うっ！」

瞬時にして呼吸する術《すべ》を奪われた未來《みく》は、首に巻き付いた鎖から逃れようと足掻《あが》くが、足掻けば足掻くほど、鎖は首に深く食い込むばかりで、身動きが取れなくなっていく。

窒息《ちっそく》寸前の未來《みく》の耳に、突然、別の男の声が飛び込んできた。

「俺の大切な妹を放してもらおうか」

――か、海斗《かいと》兄？

寂《さび》を含んだ声はまぎれもなく兄のものだった。助けを求めようにも、未來《みく》は声が出せないどころか、巻き付いた鎖に首を潰《つぶ》されないよう藻掻《もが》くので精一杯だ。

「このアタシの胸に刃を向けるなんて、とんだ無粋な軍人ね。そんなにこの小娘の首をへし折られたいか」

「試してみるか？　俺の刀が貴様の心の臓を貫くのと、どちらが速いかを……」

「…………」

敵は鬼気迫る海斗《かいと》の殺気に気圧されたのか、距離をとるように後方へと跳びすさる。不意に鎖鎌の縛《いまし》めが緩み、未來《みく》は即座に駆け寄った海斗《かいと》の腕の中に倒れ込んだ。

「あたしたちが来たからにはもう大丈夫よ、未來《みく》」

深紅の軍服に身を包む女軍人が海斗《かいと》の腕から未來《みく》を優しく抱き留める。

――鳴子《めいこ》……姐《ねえ》……？

「ちっ。相手が多すぎる。少々、遊びがすぎたか」

舌打ちし、吐き捨てるように忍者はつぶやくと、未來《みく》たちの足元に何かを投げつけた。その直後、濛々《もうもう》とした煙に包まれ、視界が完全に遮《さえぎ》られた。

「煙幕だ！」

忌々《いまいま》しげに海斗《かいと》が叫んだときには、未來《みく》は鳴子《めいこ》の腕の中で昏倒《こんとう》していた。

壱幕

帝都桜京大正浪漫

——ていとおうきょうたいしょうろまん——

第一場

窓の外を飛び交う雀《すずめ》たちのさえずりが、昏々《こんこん》と眠り続けていた乙女に朝の訪れを告げる。その愛くるしい鳴き声をぼうっと聞きながら、未來《みく》は小さなあくびを噛《か》み殺して冷え切った両足の先をこすり合わせた。

うう、寒い〜〜〜。

春先だというのに、今朝はやけに底冷えがする。体の芯まで突き刺すような寒さから逃げるように、未來《みく》は頭まで布団を被《かぶ》り直すと、両の膝を抱え込んで、その身を丸く縮こまらせた。

いつしか雀たちのかしましいおしゃべりは止み、朝を報《しら》せる役目は雀から時計へと交替する。しんと静まりかえった部屋に、秒針が時を刻む無機質な音だけが規則正しく響いていた。

今は……何時だろ？

姉代わりの二人が起こしにこないところをみると、まだ學校《がっこう》の時間には早いようだ。たたき起こされる前に、できればもう一眠りして昨夜の夢の続きを見てみたい。

昨夜の夢とはもちろん、満開の桜の下を舞台に、忍者と姉弟《きょうだい》たちがチャンバラを繰り広げる冒険活劇だ。危うく殺されかけたりして怖い場面もあったが、あんなスリルに満ちた経験は現実ではなかなか味わえるものではない。

未來《みく》はぎゅっと目をつむり直して、あの夢の続きを想像してみる。

そうだ。結局皆は、あの忍者を倒すことができたのだろうか？

花見の途中で迷子になった流歌《るか》姉は、無事に家に帰ることができただろうか？


あれ？


何かおかしい。夢と現実が、一部ごっちゃになっている。どこまでが夢で、どこからが現実？

そもそもボクはいつお花見から、自分の部屋に帰ってきたんだろう？

そんな記憶すらなぜか曖昧《あいまい》だ。


…………。


そのとき、不意にノックの音がした。

流歌《るか》姉かな？

鳴子姐《めいこねえ》だったらノック二回で済むわけがない。

一番上の姉の鳴子《めいこ》はいかにも『姉御肌』といったタイプで、ノックひとつをとっても容赦がない。早く起きなければボクより扉が大変なことになる。

でも下の姉ならまだ起きなくて大丈夫。流歌《るか》姉はボクをどこまでも甘やかしてくれる。起こしに来た流歌《るか》姉まで、ボクの横で眠ってしまうこともしばしばあるくらいだ。いつも優しく抱きしめてくれて、ふわふわしていて、そう……まるで綿菓子で出来た毛布みたいに……。

そんな事を考えながら再び夢の中へとまどろみかけたとき。

ドアを開け、人が入ってくる気配。やがて、ぱちぱちと火が燃える音。


——部屋の中なのに……どうして、火⁉


朝の起こし方にしては、少々過激すぎやしないだろうか。

慌てて布団をはねのけ、未來《みく》は飛び起きた。


「⁉」


未來《みく》は目を瞬《またた》かせた。

黒髪のボブカット、オーソドックスなパフスリーブの女中服に身を包んだ何者かが、未來《みく》に背を向けるような恰好《かっこう》で、白煉瓦《しろれんが》の暖炉に薪《まき》をせっせとくべている。暖炉に女中といった見慣れない光景に未來《みく》は茫然《ぼうぜん》と部屋の中を見廻《まわ》す。

白塗りの格子の出窓にリボンとレースのカーテン。見事なカーブを描いた猫足ラインのテーブルにスツール。柱にはランプがキラキラと光を灯《とも》し、天井からは豪華なシャンデリアが厳《おごそ》かに未來《みく》を見下ろしている。極めつけは自分が寝ているこの寝台だ。上品なレースやフリルが盛りに盛られた羽毛布団、天蓋《てんがい》の四隅にはロマンティックな半透明のカーテンがリボンで束ねられ、高貴な雰囲気を醸し出している。

こんな天蓋付きの寝台なんて初めて見た。

まるでどこかの国のお姫様の部屋だ。

やはりボクはまだ、寝ぼけてるのかも……。

おそるおそる様子をうかがっていると、女中服の女性は暖炉の薪をくべ終えたらしく、こちらを振り返った。寝台の上に茫然と座っている未來《みく》に気づくや否《いな》や、腰をかがめ丁寧《ていねい》にお辞儀をしてみせる。

「ようやくお目覚めになったのですね、未來《みく》お嬢様。安心致しました」

「未來《みく》お嬢様ってナニ⁉︎」

「未來《みく》お嬢様は、未來《みく》お嬢様でございます」

女中の返答に、未來《みく》は慌てて自分の背後を振り返り、次いで周囲や寝台の下をのぞいた。

「あの……いったい何をなさっておられるのですか？」

「捜してるんですけど」

「何をです？」

「未來《みく》お嬢様を」

「は、はあ……」

互いに怪訝《けげん》そうな面持ちで、しばらく見つめ合う。

その重苦しい空気に先にいたたまれなくなった未來《みく》は再び口を開く。

「もうひとつ質問しても？」

「はい、なんなりと」

「え、えっと……ここ、どこ？」

「未來《みく》お嬢様のお部屋で御座いますが？」

女中はさらに訝《いぶか》しげな表情になる。なぜそんな当たり前のことを訊《たず》ねるのだろうといった顔だ。

「あのぅ……未來《みく》は未來《みく》でも未來《みく》様違いなんじゃ……？」

「いいえ、未來《みく》お嬢様は私の目の前にいらっしゃる貴方様《あなた》です」

「ボク!?」

未來《みく》は自分を指差す。

「はい」

いつの間にボクはお嬢様に出世したんだろう。

しかもこんな煌《きら》びやかなお部屋まで手に入れていたなんて。

まるで自分がおとぎ話に出てくるお姫様にでもなったような気分だ。

「さらにひとつ質問しても？」

「はい、なんなりと」

「カメラはどこ？」

「は？」

「だって、これぜんぶお芝居か何かなんでしょう？　それともボク、まだ夢を見てるのかな。でも、どっちにしてもボク、じゅうぶん楽しんだし、みんなのところに帰らないと。きっと心配してると思うから」

「は、はい⁉」

女性は何やら大層おののいた面持ちで、よろよろと大袈裟《おおげさ》によろめきながら後ずさった。

そしてまるで未來《みく》の前から逃げ出すように慌てて部屋から飛び出していったかと思うと、「未來《みく》お嬢様のご様子がおかしくなられました！」などと大変失礼な言葉を叫びながら廊下を走り去っていった。

――な、なにごと――⁉

ご様子がおかしいとなんとも不名誉なレッテルを貼られ、その場に一人取り残されてしまった未來《みく》は、ぷーっと頬《ほお》を膨らませながら寝台から飛び降り、ため息をつく。

「ボクがお嬢様？　まさかね？」

寝台の横の見事な彫刻があしらわれた鏡台の前に座り、寝癖で乱れた髪を手ぐしで整える。

「セットにしては、なんだか高そうな鏡だなぁ」

鏡台続きの洋簞笥《ようだんす》の上には上品なリネンのレースドイリーが敷かれ、その上に金襴緞子《きんらんどんす》や、びろうど、ちりめんに彩られた古風雅《みやび》な写真立てがいくつも並んでいる。

「うわ、流歌《るか》姉が好きそうなアンティークがいっぱいだ……」

古い物を集めるのが趣味みたいな流歌《るか》は、特に明治時代や大正時代のアンティークを好んで収集している。未來《みく》も姉の部屋で色々と目にしている内に、自然とそういう物に対して詳しくなってしまっていた。

未來《みく》は何気なくそのうちのひとつを手に取って見る。

雪の結晶と桜の模様があしらわれた、びろうどの表紙の切り込みにそっと挟まれた古ぼけた一枚の写真。満開の桜に囲まれた白煉瓦《しろれんが》の屋敷の前で、小さな少女が傍《かたわ》らに立つ少年と手をつないでうれしそうにほほえんでいる。

これ……。

未來《みく》は息を吞《の》んだ。

見覚えのある風景の写真の中で屈託無くほほえむ少女はどことなく自分に似ていた。いや、どことなくどころの騒ぎではない、まるで瓜二《うりふた》つだ。そしてその傍らで、はにかんだようなぎこちない笑顔を浮かべている少年、これは――。

海斗《かいと》兄……？

第二場

不意に勢いよく扉が開いて、二つの人影が飛び込んできた。

未來《みく》は慌てて、そちらを振り向いて目を丸くする。

「鈴《りん》⁉　錬《れん》⁉」

「未來《みく》姉――――――――!!」

左右から飛びついてきた双子の姉弟《きょうだい》を、未來《みく》はぎゅっと腕を廻《まわ》して抱きしめる。

まるで生き別れの姉に久しぶりに出逢《であ》ったかのように、しばらく未來《みく》にしがみついていた二人は、やがて腕を緩めると不安そうに顔を上げる。

「未來《みく》姉、気がついたんだね、良かったー！　あのままずっと目を覚まさないんじゃないかと心配したよ。あの忍者にやられた怪我《けが》は、もう治ったんだね⁉」

「忍者って……どうして錬《れん》がボクの見た夢の中のことを知っているの？」

「夢？　夢なんかじゃないよ。未來姉《みく》が怪我《けが》をしたのは現実だよ。海斗《かいと》兄たちが必死にあの忍者を捕まえようとしてくれているから、もう心配ないよ」

海斗《かいと》兄たちが？　でもあのチャンバラ冒険活劇が現実っていったい……。

「未來姉《みく》の意識が戻ったって聞けば、海斗《かいと》兄たちも喜ぶよ。僕、知らせてくる。あ、そうだ。未來姉《みく》、お腹《なか》減ってない？」

未來《みく》は自分のお腹に手を当てた。その途端、思い出したかのように空腹感を覚える。まるで一週間くらい何も食べてないみたいにお腹がぺこぺこだ。未來《みく》はうなずく。

「やっぱりね。きっと怪我の再生に力を使い果たしたんだよ。普通の人間なら死んでもおかしくない怪我だったからね。いくら治癒《ちゆ》能力の優れた『神憑《かみつき》』とはいえ、もうしばらく寝ていた方がいいよ。僕、爺《じい》に云《い》って未來姉《みく》のご飯用意してもらってくる」


――カミツキ？


よほど早く海斗《かいと》に知らせにいきたいのだろう。部屋に入ってきたときよりも、さらに勢いよく部屋を飛び出していく錬《れん》を、未來《みく》は呼び止める。

「待って、錬《れん》！　死んでもおかしくない怪我って何⁉　ボクどこもなんともないよー！」

夢の中の話なら、錬《れん》だって目に大怪我をしたはずだ。それがなんでもないということは、やっぱりあれは夢の中の出来事だったわけで……。

「頭を怪我したから、記憶が混乱してるんだよ。鈴《りん》、未來《みく》姉の傍《そば》に付いていてあげて！」

弟の言葉に、鈴《りん》はこくりと静かにうなずいた。

そして錬《れん》はそれだけ云い残すと、未來《みく》の混乱をよそに、扉も開けっ放しで今度こそさっさと出ていってしまった。

慌ただしく遠ざかっていく弟の足音に苦笑しながら未來《みく》は扉を閉めると、看病を任されて取り残された鈴《りん》に向き直る。

「ごめんね、なんだか心配かけたみたいで」

どこか作り物めいた硝子《ガラス》細工のような鈴《りん》の瞳が未來《みく》を見つめた。

〈――痛クナイ？〉

そうつぶやいた鈴《りん》の唇は閉じたままだ。

いったいどこから今の声が聞こえたのか、未來《みく》は首をかしげた。

〈――痛クナイ？〉

同じことを繰り返し問う無機質な声は、彼女が大切に抱きかかえているレトロな布製の洋装人形――文化人形から聞こえる。それはまるで腹話術か手品を見ているようだった。

「う、うん、もう痛くないよ。ありがとう、鈴《りん》」

とまどいながらも未來《みく》は人形が声を発するという、最近の玩具《おもちゃ》のアイデアや精巧さに感心しながら鈴《りん》の頭を撫でる。

「しゃべる文化人形なんて素敵、鳴子《めいこ》姐《ねえ》か流歌《るか》姉に買って貰《もら》ったの？」

「…………」

鈴《りん》は撫でられるまま大人しくしている。

瞬《また》きすら忘れた鈴《りん》の虚《うつ》ろな瞳は、どちらが人形なのか判らなくなりそうな錯覚に囚《とら》われる。

なんだろう、この『違和感』——。

鈴《りん》はもっと快活で利発な少女のはずだ。

もしかしたら鈴《りん》の方こそ具合でも悪いのかもしれない。

「ボクはもう大丈夫だから、鈴《りん》こそどこか痛いところや辛《つら》い処《ところ》があったらきちんと云《い》わなきゃ駄目だよ？」

その言葉に鈴《りん》は未來《みく》の顔をジッと見つめ、数秒遅れて、こくりと小さくうなずいた。

バ————————ン！！！

突然けたたましい音とともに、部屋の扉が吹っ飛んだ。

——なにごと⁉

「未來《みく》の意識が戻ったというのは本当か⁉」

唐突な出来事に、驚いて振り返った未來《みく》の視線の先に、長兄の海斗《かいと》が息を切らせて突っ立っていた。鏡台の前に座って呆気《あっけ》にとられている未來《みく》を見つけるなり、血相を変えて駆け寄ってくる。その後ろには、長姉である鳴子《めいこ》も一緒だった。

「皆がどれだけ心配したか……」

海斗《かいと》は言葉を詰まらせて未來《みく》の両肩に手を掛けると、安堵《あんど》したようにその場にへたり込んだ。

――大袈裟《おおげさ》だなあ。まあ、心配性の海斗《かいと》兄らしいけれど。

そういえば、小學校《しょうがっこう》の徒競走で転んだときも、海斗《かいと》兄が救急車を呼んで大騒ぎになったり。料理中にボクが誤って包丁で指先をちょっとだけ切ってしまったときも、海斗《かいと》兄に包帯で体中ぐるぐる巻きにされたり。

テレビで怖い映画を見て眠れなくなったときも、ボクの隣で海斗《かいと》兄がずっと歌ってくれて、結局、朝まで眠れなかったり。

遠足のバスでボクが車酔いしたときなんか、突然、走っているバスの窓の外から海斗《かいと》兄が現れて、酔い止めの薬を手渡して、そのまま去っていったり……。

語り出したらそれこそきりがないけれど、兄は超がつくほどの心配性なのだ。

「錬《れん》も心配してたけど、どこも怪我《けが》してないからもう大丈夫。鳴子《めいこ》姐《ねえ》も心配かけてごめんね」

扉の外れた入り口に立つ鳴子《めいこ》にも未來《みく》はほほえんで見せる。鳴子《めいこ》は優しくうなずくと、軍帽のような帽子を脱ぎ、ほっと胸を撫で下ろした。

「…………」

あんないかつい軍帽や軍服を鳴子《めいこ》姐《ねえ》が持っていただろうか？

未來《みく》は改めて兄姉《きょうだい》たちを見つめた。

一度引いたはずの『違和感』が、再び波のように押し寄せる。

見た目は未來《みく》の知る兄姉に瓜二《うりふた》つだというのに、何かが違う……？

「ねえ、海斗《かいと》兄もみんなも、どうして変な着物袖の衣装を着ているの？」

海斗《かいと》や鳴子《めいこ》や鈴《りん》だけではない。今は部屋にいない錬《れん》も、昨夜見た冒険活劇の夢のときとまるで同じ服装だ。

「何を云《い》ってるんだ。軍人なら軍服を着用して当然だろう」

「ぐ、軍人⁉　誰が？」

「俺たちだ。お前と鈴《りん》や錬《れん》はまだ見習いの『學徒兵《がくとへい》』ではあるが」

ようやく平常心を取り戻し、軍帽の被《かぶ》り位置を直しながら立ち上がる海斗《かいと》を、未來《みく》は驚いた顔で見上げる。

「さっきから軍人とか學徒兵とか、あとお嬢様とか、いろいろなんのこと？」

「お前の方こそ、いったいどうしたんだ？」

怪訝《けげん》そうに未來《みく》を見つめる海斗《かいと》へと、鳴子《めいこ》が近寄り声を掛ける。

「外傷は完全に治癒《ちゆ》したようだけれど、でも――今の言動からすると、記憶障害でも起こしているのかしら？」

「昨夜の戦いで頭を強く打った、その後遺症か……」

真剣そうな面持ちで顔を見合わせる兄と姉へ、未來《みく》は不安げに問い掛ける。

「もしかして、ボクどこかおかしいの？　記憶障害ってどういうこと？」

「頭を強打し、おそらく一時的に記憶が混乱しているんだろう。後で辞書でも引くといい。昔から云っているだろう、わからないことは辞書を引けと。だがさすがにここがどこか位はわかるだろう？」

「ううん。さっきも暖炉に薪《まき》をくべてた女中みたいな人に、ここがどこだかわからないって云ったら、ボクのこと頭がおかしくなったって」

未來《みく》は口をとがらせた。

そりゃあ、學校《がっこう》の成績はかなり低空飛行ではあるけれど、未來《みく》は未來《みく》なりに努力した結果、その成績なのだ。だからといって、見ず知らずの女中にまであんな風に云われたくはない。

「……確かにおかしいな」

「え？」

そこは否定してほしかった。

「俺が誰だかわかるか？」

さり気なく分けた前髪の奥で、未來《みく》に向けられた気遣わしげな蒼《あお》い瞳が揺れている。不安を煽るような海斗《かいと》の質問に、未來《みく》はおそるおそる答える。

「海斗《かいと》兄でしょ？　変なこと訊《き》かないで」

だが、海斗《かいと》の厳しい表情は少しも晴れない。それどころか、眉根《まゆね》に刻まれた皺《しわ》は、ますます深くなるばかりだ。

「そのお前らしくもない奇妙な言葉遣いは、いったいどうしたんだ？」

「どう、どうしてそんな顔するの？　まさか、違うなんて云《い》わないでよね。

「えっ。そこ⁉」

意表を突かれた未來《みく》は素《す》っ頓狂《とんきょう》な声を上げる。

「いつも『御兄様』か『海斗《かいと》兄様』と……、そう呼んでいただろう？」

「お、おにいさま⁉」

未來《みく》は兄から顔を背けると、口元を押さえた。

なあんだ、みんなして、ボクをからかっていたんだ。でも今のは海斗《かいと》兄にしては珍しく、渾《こん》身《しん》のギャグだった。思わず噴き出してしまいそうになるくらいに。

「じゃあ、ボク……鳴子《めいこ》姐《ねえ》のことも、『御姉様』って呼んでいたとか？」

兄と姉の冗談に付き合って、未來《みく》も冗談で返答する。

「いいえ。あたしのことは鳴子《めいこ》姐よ。でも変ね……なんだか、未來《みく》が別人みたい。本当に記憶障害のせいかしら？」

「……それしか原因は考えられない。あのとき、かなり強く頭を打っていたからな……未來《みく》、今日が何年の何月だか答えられるか？」

え、まだ続けるの、それ⁉

「平成二三年の四月でしょう？」

云い知れぬ不安が再び未來《みく》の胸に押し寄せてくる。

未來《みく》は先週、中学二年生の始業式を迎えたばかりだ。その週末に、みんなで桜の花見に出かけたのだから、この質問は間違えようがない。

しかし嫌な予感は的中した。海斗《かいと》と鳴子《めいこ》の表情が一変して凍りつく。

鳴子《めいこ》は口元を手の平で押さえて顔を背け、海斗《かいと》も沈痛な面持ちで改めて未來《みく》の顔を見据えた。

「ヘイセイ？　なんだそれは……」

未來《みく》はしどろもどろに言葉を返す。

「いや、なんだそれはと云われましても、平成は平成としか説明のしようがないよ……」

「未來《みく》、いいかよく聞け」

「な、何、海斗《かいと》兄。そんな怖い顔して」

本能的に、この話の先を聞いてはいけないような気がして、未來《みく》は身構える。

もし聞いてしまったら、何か取り返しのつかないことになるかもしれない。

未來《みく》の平坦な胸が、得体の知れない不安で満たされていく。

「『ヘイセイ』とやらは初耳だ。今は大正一〇〇年、長月《ながつき》の一七日。そしてお前は、この青音《せいね》子爵《ししゃく》家、華族の娘だ」

思わず耳を塞《ふさ》ごうとしたが間に合わなかった。

兄たちが何を云《い》っているのかまるで理解できない。

しかも兄の言葉は、未來《みく》の想像のそれを遥《はる》かに超えていた。

「た、大正一〇〇年⁉　し、ししゃくって何？　海斗《かいと》兄こそ記憶障害なんじゃないの⁉」

「はああ」

海斗《かいと》は口から魂まで抜け出してしまいそうな深いため息をついた。

——なにごと⁉

不安のあまり、つい声を荒らげてしまった未來《みく》だったが、兄の姿を見て思わず押し黙った。

床に手を突いたその姿は、まるで甲子園の決勝戦の最終回、逆転サヨナラ満塁ホームランを打たれて、マウンドに沈み込んだピッチャーだ。

未來《みく》はこんなに打ちひしがれ落胆する兄の姿を、かつて一度も見たことがなかった。

「俺の育てた未來《みく》はどこへ行ってしまったんだ……」

「えっ。ボクならここにいるよ？」

未來《みく》の言葉に、海斗《かいと》は首を横に何度も振って嘆く。

「自分を『ボク』などと呼ぶ妹など、俺は知らん！」

「ええっ⁉」

「嗚呼《ああ》、俺はお前を華族の娘として、どこに出しても恥ずかしくない『完璧な淑女《しゅくじょ》』に育て上げたはずなのに……」

ぶつぶつと意味不明な言葉をつぶやいている兄の姿を見かねて、未來《みく》は自分の境遇も忘れて思わず口走る。

「へ……、平成から来てごめんなさい……」

とにかくなんでもいいから謝って、兄の心を救わなければ……。このままだと本当に壊れてしまいかねない雰囲気だ。

「聞いたか、鳴子《めいこ》。ああ、俺の未來《みく》がまたおかしな事を口走り始めた……」

「貴方《あなた》、他に行くあての無くなった未來《みく》を、青音《せいね》家に引き取って、実の妹以上にそれは変態……うぅん、大変、溺愛《できあい》してたものねえ」

鳴子《めいこ》は心の底から同情しているような口ぶりで云い、頭を抱えくずおれる海斗《かいと》の傍《かたわ》らに膝を突くと、その背を慰めるように掌《てのひら》でさすった。

「未來《みく》姉、食事の到着だよ！」

海斗《かいと》がいつまでも立ち直れずにいる間に、錬《れん》が、初老の男性と先ほど薪《まき》をくべていた女性と同じ出《い》で立ちの女中たちを幾人も引き連れて戻ってきた。

いつものことなのか、女中たちは手慣れた手つきで先ほど海斗《かいと》が吹っ飛ばした扉を修繕すると、テキパキと室内に食事を運び入れる。

そんな中、初老の男性が海斗《かいと》へと向かい一礼し、うやうやしく口を開いた。

「海斗《かいと》お坊ちゃま。今しがた、御前賀《おまえが》大将閣下から御《お》幻話《げんわ》がございまして、後ほど近衛《このえ》師団に登営するようにとの仰せです」

——海斗《かいと》お坊ちゃま⁉


「わかった。後ほど向かうと返答しておいてくれ」

いつの間に復活したのか、毅然《きぜん》とした動作で起立した海斗《かいと》は、手を後ろに組み重々しくうなずくと、さらに初老の男性と女中に向かって厳しい声音《こわね》で云《い》い渡す。

「未來《みく》は任務で負った怪我《けが》のせいで、一時的に記憶障害を起こしている。今後は今まで以上に俺の妹を注意深くしっかり世話してやってくれ」

「承知致しました」

初老の男性は海斗《かいと》にうやうやしく頭を下げると、女中たちを連れ部屋から出ていった。

まるで別人のように威厳を増した海斗《かいと》に、未來《みく》は呆気《あっけ》にとられながら、小声で錬《れん》に訊《たず》ねる。

「……今のおじさん、誰？」

「爺《じい》だよ。この青音《せいね》家の執事」

――執事……？　物語の中でしか見たことが無かったけれど、本当にいるんだ。

「じゃあ、さっきの『おゲンワ』って何？」

「幻話は幻話だよ。遠くの人とお話が出来て便利なんだ！」

「え、それって電話と何か違うの？」

「デンワ？　何それ？」

「電話は電話だよ。電気を使ってお話出来る機械でしょ」

「違うよ、幻話は『幻氣《げんき》』で動くんだよ。ラジヲや冷蔵庫だって。僕、學校《がっこう》で習った」

「學校で？」

「この世界はなんでも幻氣で動いているんだ」

「『元気』で⁉　そんなアバウトなものでこの世界は動いてるの⁉」

何がなんだか、さっぱりわからない‼

「……本当に大丈夫？　未來《みく》姉」

頭を抱える未來《みく》に、錬《れん》が気の毒そうに声を掛けた。

「海斗《かいと》、ちょっと」

暖炉を背にして立っている鳴子《めいこ》が目配せすると、近づいた海斗《かいと》に何やら耳打ちをする。未來《みく》はその話の内容が少し気になったが、小声で話しているせいで全く聞こえない。未來《みく》の知る兄と姉もいつもああして二人だけでよく会話を交わしていた。見慣れないのは着ている服と、その周りの風景だけで、海斗《かいと》も鳴子《めいこ》も、そして鈴《りん》も錬《れん》も未來《みく》の知る家族の姿だ。

やはり未來《みく》が意識を失い夢を見ている間に世界で異変が起きたのか、それとも未來《みく》が平成と呼んだ世界が幻だったのか、考えれば考えるほど、頭が混乱しそうになる。

そんな未來《みく》の様子を心配そうに見ている鈴《りん》と錬《れん》に、海斗《かいと》が声を掛ける。

「鈴《りん》、錬《れん》。あとのことは俺に任せろ。お前たちは巡回に出かける時間だ」

「え――――」

海斗《かいと》が頃合いを見計らったように云《い》うと、錬《れん》はすかさず抗議の声を上げた。

「僕、もうちょっと未來《みく》姉と一緒にいたい」

〈――イタイ〉

鈴《りん》と鈴《りん》の文化人形も一緒にうなずいた。

うわ、あの人形、おしゃべりするだけじゃなく、動くこともできるんだ？　まさかあれもゲンキで動いてるのかな。まあ、元気なのに越したことはないけど……。

「……あれ？　鳴子《めいこ》姐《ねえ》は？」

未來《みく》が文化人形に気を取られている間に、ふと気づけば鳴子《めいこ》の姿が消えている。

「鳴子《めいこ》には一足先に近衛《このえ》師団本部へ向かってもらった」

いったいいつ部屋から出ていったのだろう……全く気づかなかった。

「海斗《かいと》兄は鳴子《めいこ》姐《ねえ》と一緒に行かなくて良かったの？」

「お前は余計な心配をしなくてもいい。本部には後で向かう」

「ううん、ボクなら大丈夫、ここの周りの様子も確かめてみたいし……」

その言葉に海斗《かいと》は心配そうに未來《みく》の顔を見る。

「確かめる……？　大丈夫なのか？　外傷ではない。頭の方だ」

失礼な。

しかし、これだけ皆に頭がおかしいと云われ続けると、さすがに自分でも自信が持てなくなってくる。だからこそ、これが夢でないのなら、今自分がどんな状況に置かれているのか、少しでも外の世界をこの目で見て確認しておきたい……未來《みく》は大きくうなずいた。

その様子に海斗《かいと》は小さなため息を漏らすと、軍帽を正し未來《みく》へと向き直る。

「わかった。俺も付き合おう。記憶を早く取り戻すには、生まれ育った『帝都』を自分の目で見るのが手っ取り早い。食事を済ませ、支度が出来たら下りてくるといい。ただし玄関先まで一人で来られないようなら今日は大事をとって一日安静にしているんだな。その方が『再生』も早まるだろう」

「サイセイって？」

「……辞書を引け。さっきも云ったはずだ」

そう応《こた》え、踵《きびす》を返した海斗《かいと》の背を錬《れん》が慌てて追いかけると、鈴《りん》もその後に続く。

「ねえ海斗《かいと》兄。あとで未來《みく》姉をいつものカフェに連れてきてよ。この間『シベリア』食べようって未來《みく》姉と約束してたんだ」

海斗《かいと》がうなずくと、錬《れん》は大喜びで鈴《りん》の手を取り、またあとでねと未來《みく》に声をかけ部屋を出ていった。またしても耳慣れない言葉の登場に未來《みく》は首をかしげる。

「シベリア……？」

部屋を出ていきかけた海斗《かいと》が軍帽の目庇《まびさし》を上げ訝《いぶか》しげに振り返る。

「辞書を引け」

海斗《かいと》は、ばたんと大きな音を響かせ、後ろ手に扉を閉めた。


「…………」


静まりかえった部屋に一人残された未來《みく》は用意された食事を済ませると、きょろきょろと辺りを窺《うかが》う。見れば見るほど豪華な部屋の造りに圧倒されながらもクローゼットと覚《おぼ》しき場所を見つけ、そっと折りたたみ扉に手をかけた。

「えーっと、やむを得ずお邪魔します、お借りします……かな？」

念のため断りを入れながら扉を開けると、絢爛《けんらん》豪華な錦《にしき》の世界が目の前に拡《ひろ》がっていた。二、三〇畳はあると思われる部屋一杯に、処《ところ》狭しと並んだ色取り取りのワンピースにドレスやケープに毛皮のコート。それに、着物袖の付いた學生服《がくせいふく》まで揃っていた。

未來《みく》は學生服の隣に夢の中で自分が着ていた軍服を見つけると、迷うことなくそれを手に取り袖を通してみる。

間違いない、これは兄と姉が着ていた物と同じデザインの軍服だ。

兄と姉の姿を思い出しながら、未來《みく》は一通り身支度を済ませると、おそるおそる鏡台の中の自分の姿をのぞき込む。

両手を拡げ着物の袖をぴんと張り、そのままくるりと一回転してみた。

鶯《うぐいす》色の長い二本の束ね髪がゆるやかな弧を描けば、その中心で桜の花片《はなびら》のように長春色《ちようしゆんいろ》のスカートがふわりと躍る。

次いでおもむろに右手を掲げると、鏡の中の自分に敬礼を送ってみる。

なかなか悪くない。ううん、結構いいかも。

そんな事を考えながら帽子掛けから軍帽を手に取ると、未來《みく》は小走りに部屋を後にした。

部屋から出た未來《みく》の目の前には、吹き抜けのエントランスが拡がっていた。

白と灰の市松模様の大理石の床に落ち着いた紺青《こんじよう》のカーペットが敷かれ、玄関正面の大階段の踊り場に置かれた大きな時計が静かに時を刻んでいる。

「う……わ、ホテルのロビーみたい」

未來《みく》の部屋の扉の横に控えていた女中が、飛び出してきた未來《みく》へと浅く腰を落として目礼した。そして、海斗《かいと》からの伝言を静かに伝える。

「海斗《かいと》様が先ほどから下でお待ちです」

「下……というと、あの大きな階段で下に降りればいいの？」

ここに住む者にとっては至極当然のことだが、それでも女中は丁寧《ていねい》に応《こた》える。

「左様《さよう》でございます。この吹き抜けの真下に見える、あちらの扉が外へ出る玄関になります」

未來《みく》は女中に礼を告げると、一目散に階段を駆け下りていく。

階段を下りきったその時――踊り場の時計が九時を告げる鐘を鳴らした。

未來《みく》は弾かれたように立ち止まり、そして大階段の古時計を振り返る。

この景色、そしてこの鐘の音……なぜだろう、どこか懐かしく感じる……。

こんな豪奢《ごうしゃ》な場所に来たのは初めてのはずなのに。

未來《みく》が不思議そうに古時計を見つめ、首をかしげていると、背後から声が掛かった。

「未來《みく》お嬢様……どうかくれぐれも御無理はなさいませんよう」

声の主は先ほど未來《みく》の部屋に料理を届けてくれた執事とやらだ。

「ありがとう……色々とご迷惑をかけちゃって、ごめんなさい」

「いえ、とんでもございません、どうかお気になさらず。いつも通り、何か御用の際は、この爺《じい》にお申し付けください」

執事はうやうやしくお辞儀をすると、黒金《くろがね》に縁取りされた木製の大扉を開け放った。

第三場

表に出た途端、思わず未來《みく》は感嘆の声を上げた。

目の前には澄み渡った青空へと向かってそびえ立つ桜の巨樹――。

「わ……ぁ……」

その枝は満開の桜の花をまとい、帝都を抱くように四方へと拡《ひろ》がっている。

無数の花片《はなびら》は大正浪漫漂う和洋折衷《せっちゅう》の街並みと、路地を行き交う人々の群れへ、はらはらと踊るように降り注いでいた。

まるで時を止めたまま動く絵画のような異空間に、未來《みく》は魂を奪われたように立ち尽くす。

これはもう誰かが仕組んだ悪戯《いたずら》でも、ドラマや映画の撮影でもなく、ましてや夢でもない、今の未來《みく》の現実となりつつあった。

深く考えるとまた不安が押し寄せてきそうで、未來《みく》は頭を振った。

――大丈夫、この世界にも、平成と同じようにボクの家族たちがいてくれる。

これこそが唯一の未來《みく》の救いであり支えなのだ。

ふと今出てきたばかりの屋敷を振り返り、未來《みく》は瞠目《どうもく》し再び声を上げた。

「こ、これが、海斗《かいと》兄のお家なの!?」

未來《みく》の部屋が豪奢《ごうしゃ》だったことからある程度は予想していたものの、こんな立派な西洋風の洒落《しゃれ》たお屋敷はどう考えても未來《みく》の知る兄が購入できる代物ではない。

「未來《みく》」

屋敷の前で待っていた海斗《かいと》が生真面目《きまじめ》な顔で云《い》った。

「記憶が未だ混乱しているのはわかるが、せめて目上の者には『様』を付けろ。淑女《しゅくじょ》としての礼節の問題だ」

耳慣れない『淑女』や『礼節』といった言葉に未來《みく》は絶句する。

しかしよくよく考えてみれば確かにその通りだ。

そもそもこんな立派なお屋敷に住んでいるのだから、あの兄が『様』付けで呼ばれる立場だったとしてもなんら不思議ではない。なにしろ未來《みく》自身も、この屋敷の使用人たちに『お嬢様』と呼ばれているのだ。

「しょ……しょうがないなぁ〜。じゃあ、海斗《かいと》兄様？　ぷ」

未來《みく》は試しに呼んでみた。変な意味で声が震えた。

「なんだ、最後の『ぷ』は？」

「ううん、なんでもない」

それとも、『海斗《かいと》お坊ちゃま』の方が良かっただろうか？

本格的に噴き出すのを誤魔化《ごまか》すように未來《みく》は海斗《かいと》の腕を取った。

「待て。どこへ行く？」

「え？　だって、海斗《かいと》おぼっ……いえ、兄様。散歩に付き合ってくれるって」

「まさか歩いていくつもりか？」

「違うの？　あ、じゃあ自転車……？　あそこにあるの自転車でしょ」

未來《みく》は屋敷の桜の下に立てかけてある、前輪がやけに大きい不恰好《ぶかっこう》な自転車らしき乗り物を指差して云う。

昔見たセピア色の古ぼけた記録映画の中で、職業婦人とやらが颯爽《さっそう》と風を切って乗っていた。

「お前の頭が正常に戻るまでは、あれに乗るのはやめておいた方がいい」

「でも乗ってみたい」

「いや。馬で行く」

ウマ――――――――――――――――っ⁉

口を大きく開けて、未來《みく》は海斗《かいと》の顔を見上げた。

桜の花片《はなびら》を乗せた一陣の風が、二人の間を吹き抜けていく。

「……冗談でしょ？」

「いや、至って本気だが。帝都の街は複雑に入り組んでいるからな。俥《くるま》よりは馬の方が都合が良い――厭《いや》か？」

厭とかそういうことではなく、ただ、『馬』はあまりにも予想外だった。

「お前は俥よりも馬の方が好きだっただろう。秋朝《しゅうちょう》には少し肌寒いかも知れんが、必要なら俺の外套《がいとう》でも羽織ればいい」

「秋？　でも桜が咲いてるのに秋って……？」

未來《みく》は、庭のずっと先に見える桜の巨樹を指差した。

「何を云《い》っている？　桜は一年中咲く花だ。この帝都で桜の花片《はなびら》が舞わぬ日はない」

「え……」

未來《みく》のいた世界では、桜は春にしか咲かない。

咲き始めて散るまで一週間も保てば良い方だ。桜は短命だからこそ、その散り様が儚《はかな》く美しいとされている。それがここ帝都では一年中咲いているという。

頭を抱える未來《みく》を茶化すように、今度は二匹の赤い金魚がゆらゆらと過《よ》ぎっていく。

「……き、金魚？」

帝都の空へと泳いでいく金魚を慌てて指差しながら、未來《みく》は再び兄を見上げた。

「飴屋《あめや》本舗《ほんぽ》の宣伝の試食菓子だろ」

「し、試食菓子⁉」

開いた口が塞《ふさ》がらなかった。目を覚ましてからというもの、まるで思考が追いつかない。

空中を魚が泳ぐという珍事に輪を掛けて、あの金魚を菓子であると生真面目《きまじめ》な顔で兄は云う。

どうやら生態系も未來《みく》の知る世界とは異なるらしい。

――どうしよう。

勉強とか一からやり直しになるのかもしれない……。

茫然《ぼうぜん》と立ちすくむ未來《みく》に業を煮やしたように、海斗《かいと》は再び声を掛ける。

「ほら、いつまでも呆《ほう》けていないで、さっさと行くぞ」

主の声に執事が片手を上げ合図すると、庭の奥に控えていた馭者が馬を引いてやってきた。

「わ、すごい、本物のお馬さんだ。……はっ⁉ まさかこれも試食菓子？」

「いいや、見ての通り、これは本物の馬だ」

「で、ですよね‼」

二人の会話が途切れたところで、執事は海斗《かいと》へと乗馬用の革手袋を差し出しながら訊《たず》ねる。

「御俥《おくるま》か馬車をお出ししなくてよろしいので？」

「近場を一周するだけだ、俺はそのまま本部へ登営する。未來《みく》は錬《れん》たちと合流させるが……」

物珍しそうに馬を眺めている未來《みく》を見ながら、海斗《かいと》は声を落とし執事に命じた。

「……念のため、護衛の数を増やせ。『いつも通り』未來《みく》に気づかれぬようにな」

「かしこまりました」

執事は小さく応《こた》えると目礼した。

陽の光を浴び藍白《あいじろ》に輝くその馬は、体高も毛艶《けづや》も良く、ほっそりとした美馬ながら、骨格はしっかりしている。ただの白馬ではなく、たてがみや尾、旋毛部が淡い灰青を帯びていた。

「本当に綺麗な子。ねえ、兄様、この子なんていう名前？」

「雪斎《せっさい》だ」

「おとなしくて、いい子……宜《よろ》しくねセッサイ。きゃっ」

未來《みく》が馬の顔に触れると、雪斎《せっさい》は突然、未來《みく》の顔を舐め始めた。

「お前が雪斎《せっさい》を忘れても、雪斎《せっさい》の方はしっかり覚えているようだな」

海斗《かいと》は先にあぶみに足をかけ白馬にまたがると、反動をつけて一気に未來《みく》の手を引き上げた。

そして未來《みく》を前に座らせると、未來《みく》の背後から手を廻《まわ》すようにして手綱を握る。

「二人乗りなんかして、雪斎《せっさい》は重くないかな？」

未來《みく》が心配そうに云《い》うと、海斗《かいと》は笑った。

「さて。行きたい場所はあるか？」

手慣れた様子で馬を操りながら、海斗《かいと》は未來《みく》に訊《たず》ねる。

行きたい場所と云われても、何しろここは大正一〇〇年の帝都。

未來《みく》にとっては、この世界の地理はおろか目にする物全てが未知に等しい。

「ねえ、海斗《かいと》兄……様。その前に話があるんだけど」

「なんだ？」

「たぶん、ボク……この世界の人間じゃないような気がする」

「…………」

二人の間に長い沈黙が流れ、通りに敷き詰められた煉瓦《れんが》の上を行く、馬の蹄《ひづめ》の音だけがやけに耳につく。

先ほどといい、この話を切り出すと一瞬にして空気が変わるので、どうにもいたたまれない。

「海斗《かいと》兄様は……どう思う？」

「ああ、そうだな」

「え？　信じてくれるの？」

「ああ、そうだな」

「信じてない！」

――せっかく思い切って云ったのに……。

そりゃあ、いきなり信じてもらえるとは思っていなかったけど、仮にも妹であるボクの言葉を端《はな》っから信じようとしないだなんて……。ボクのいた平成の海斗《かいと》兄なら、エレベーターのボタンを連打すれば加速すると云えば信じてしまうほど単純なのに……。

無邪気な素直さが取り柄だったはずの兄が、今こうして軍服に身を包み、颯爽《さっそう》と馬を乗りこなす姿は、まるで別人のようだ。

「特に行きたい場所が無ければ、適当に雪斎《せっさい》を走らせるが？」

「じゃあ、あっち」

最初に視界に入った――いや、視界に入りきらぬほどの巨樹の桜を未來《みく》は指差した。海斗《かいと》は「よし」とうなずいて手綱《たづな》を引くと、馬の腹を蹴り、雪斎《せっさい》に駆歩《かけあし》を促す。

乗馬の特有の揺れにとまどいつつも、未來《みく》は自分の置かれている状況を理解するために目に映る全てを焼き付けようと、身を乗り出して、必死に周りを見渡した。

「おい、落馬してまた頭を打たないでくれよ」

「だって……ここがどういう処《ところ》かしっかり見ておかなくちゃ……。あっ、海斗《かいと》兄様、あの大きな建物は何？」

未來《みく》はさらに身を乗り出すと、赤煉瓦《あかれんが》造りの物々しい建物を指差した。

「近衛《このえ》師団――『大日本帝國《ていこく》軍本部』だ。その向かいにある小さな店が、先ほど出がけに錬《れん》が待ち合わせだと云《い》っていたカフヱ、『みるくほうる』だ」

――なんだ、両方ともこんなに近いんだ。

「うちの屋敷から目と鼻の先だ、今のお前でもさすがに迷うことはないだろう」

未來《みく》はうなずいた。

頭だけで後ろを振り返ると、兄の肩越しに青藍色の青音《せいね》家の屋根が見える。

確かに未來《みく》がこの帝都の街を知らずとも、これなら迷子になりようがない。

海斗《かいと》は桜の巨樹に近づくにつれ、雪斎《せっさい》を駆歩《かけあし》から常歩《なみあし》へと切り替える。近づくほどに大きさを増していく巨樹を目の当《ま》たりにして、その圧倒的な存在感に未來《みく》は息を呑《の》む。

「あれがこの帝都桜京《おうきょう》の御神木《ごしんぼく》『千本桜《せんぼんざくら》』だ」


――千本、桜……？

未來《みく》の心の臓が、とくんと、小さく跳ねた。

無意識に胸元を押さえた未來《みく》の手の甲を、桜の花片《はなびら》がかすめ落ちていく。

「幾重《いくえ》にも桜の木が連なっているだろう。千本の桜が重なり合い、ああして巨樹の桜になったと云い伝えられている」

千本の桜が重なり合って出来た千本桜……。

処々色の違う花が垣間見えるのは、異なる種の桜が混じり織り連なっているからなのか、たとえようもない艶《あで》やかな景観を生み出している。

「付け加えるなら、お前が昨夜、頭を打ち付けたのもあの御神木、千本桜だ」

「えっ」

じゃあ、あの忍者とチャンバラをやったのは、あの大きな桜の木の下⁉

明るい内に遠くから見ると、昨夜とはずいぶんと違って見える。

——事情はどうであれ、御神木に体当たり……というか、頭突き？　などと大それた事をして、そのうち罰《ばち》が当たらなければいいけれど……。

未來《みく》は心の中でそっと手を合わせた。

「千本桜の周囲に鳥居や境内が見えるだろう。あれは、御神木、千本桜を奉る『千本神社』だ」

未來《みく》は千本桜から、その下の神社に視線を移した。帝都の御神木を祀《たてまつ》るだけあって、広くて立派な神社だ。あんなに大きな桜の木の下の境内なんて、大量に落ちる花片の掃除だけでも管理は大変に違いないなどと、他愛もない想像をしてしまう。

千本神社の周りには水堀が一周張り巡らされ、海斗《かいと》はその水堀に沿い、馬を歩ませる。

水堀の外側には住居などの建物が密集しており、さらにその外周に街を囲むように築かれた『砦《とりで》』が外敵から帝都を護《まも》っているのだと海斗《かいと》は説明する。

その説明に未來《みく》はひとつひとつうなずきながら、この街の地形を頭にたたき込もうとした。昨日のような危険な目に遭遇した際に、すぐに青音《せいね》家に逃げ帰れるぐらいの道順はせめて覚えておかねばならない。それに今後、自分がどうなるのか、皆目見当がつかない以上、この世界のことをできるだけ知っておきたいと未來《みく》は考えた。

そんな未來《みく》の内心を知ってか知らずか、海斗《かいと》は馬の歩みを進めては、あれはこうでこれはあでと、まるで観光案内の添乗員ばりに熱の入った丁寧《ていねい》な説明を加える。

「あれがお前の通っている學校《がっこう》。帝都桜京學院《おうきょうがくいん》だ」

「ボクの？」

未來《みく》は馬から身を乗り出すかのように、古めかしい校舎の方を見やった。海斗《かいと》が云《い》うには、未來《みく》だけではなく、鈴《りん》と錬《れん》の二人もここに通っているらしい。未來《みく》は中等科二年生で、鈴《りん》と錬《れん》は初等科六年生だ。

「學校へは、怪我の後遺症で一時的に記憶を失っていると連絡しておく。行けるようなら明日から學校へ行くといい」

ボクがこの時代の學校に通うの⁉

大丈夫だろうか？　でも、この時代の學校というものにも、ちょっと通ってみたい気もしないでもない。未來《みく》がこの時代の女學生《じょがくせい》になった自分の姿を想像しているうちに、ひときわ目を引く絢爛《けんらん》豪華な洋館が見えてきた。

「うわぁ……見て、兄様、あのお城」

「『鹿鳴館《ろくめいかん》』だ」

「ろくめいかん？」

歴史の授業で習ったような気がする。しかし昭和と呼ばれていた時代に取り壊されたはずだ。それがここではまだ存在しているらしい。

「鹿鳴館は、簡単に云ってしまえば社交場だ。まあ浮ついた奴らが好む場所だとでも覚えておくといい」

「浮ついた奴らって？」

「俺の嫌いな人種だ。よってあの場所には出来れば関わり合いたくない……が、華族である以上、行かねばならない日もある。それはお前も等しくな」

なんだか言葉に棘《とげ》を感じ、未來《みく》はもうそれ以上訊《たず》ねることは控えた。

鹿鳴館の前を通り過ぎ、そのまましばらく進むと、大きな赤い門が未來《みく》の目にとまった。その赤い門の左右には、ひとつの区画を封じ込めるように木造の塀が巡らされている。

「あの赤い門はナニ？」

「…………」

心なしか急に馬の歩みが速まった気がする。赤い門の左右の塀は高く、中の様子がよく見えない。未來《みく》は身を乗り出して見ようとするが、海斗《かいと》がそれを腕で阻《はば》む。

「ど、どうしたの、海斗《かいと》兄様。あの赤い門はナニ？」

「……花街だ」

やや早口でぶっきらぼうに云《い》う。

「ハナマチって？」

「…………花畑だ」

「お花畑？」

「…………」

「兄様？　きゃっ」

いきなり雪斎《せっさい》が駆歩《かけあし》を始め、赤い門は、ぐんぐんと遠ざかるとあっという間に視界から消えた。そしてそのまま海斗《かいと》は馬を走らせ続け、しばらく水堀の周りを行くと、やがて青藍色の屋根の豪奢《ごうしゃ》な屋敷が見えてきた……青音《せいね》家だ。最初の場所へと一周し戻ったのである。

砦《とりで》に囲まれた街、帝都桜京《おうきょう》。帝都は未來《みく》が想像していたより、ずっと狭くて小さい街で、しいていえば『箱庭』――という表現がしっくり来る。

海斗《かいと》は小洒落《こじゃれ》たカフェの前で馬を止めて云った。

「何かひとつでも思い出したものはあったか？」

「う、ううん……ごめんなさい」

頭のすぐ後ろから聞こえる声に、未來《みく》は首を横に振った。

「謝ることはない。いずれ思い出す」

未來《みく》が謝ったのは、何も思い出せないことではなく、元々思い出せるはずもないのに、海斗《かいと》を案内役として街へと連れ出してしまったことだ。

「カフェで錬《れん》たちと約束しているんだろう？　この時間ならもう来ているはずだ。店には一人で入れるな？」

「えっ。海斗《かいと》兄様は、一緒に入らないの？」

「俺は近衛《このえ》師団の本部に呼ばれているからな、このまま登営する。おい、そう心細そうな顔をするな。近衛師団は、このカフェの向かいだ」

海斗《かいと》の指差した先に先ほど見た、いかつい西洋風の赤煉瓦《あかれんが》の建物がある。

海斗《かいと》は先に馬から下りて、未來《みく》を抱きかかえるようにして馬から下ろすと、カフェに入っていく妹の後ろ姿を見送った。

第四場

未來《みく》は『るうほくるみ』と書かれた派手な木製の扉を押し開けた。

カランコロンと、扉に付いたカウベルが愛嬌《あいきょう》のある長閑《のどか》な音色で客の訪れを告げる。るうほくるみとは、なんだろう？　何かの呪文《じゅもん》だろうか？

「いらっしゃいませ。『みるくほうる』カフェへようこそ～！」

店内で給仕をしていた薄紫色の着物の上に白いエプロンを着けた女給がカウベルの音に気づいて、小走りに駆け寄ってくると、人懐こい笑顔と共に客を出迎える。

その女給の顔を見た途端、未來《みく》は思わず叫んでいた。

「流歌《るか》姉⁉」

「ど、どうしたんですか、未來《みく》さん。そんなにわたしの顔を見つめて……」

花見の席で迷子になったまま行方不明になっていた二番目の姉、流歌《るか》だった。

きょとんと立ち尽くしていた女給姿の姉が、ハッと何かに気づいたように頰《ほお》を赤く染める。

『流歌《るか》姉』だなんて……いつも流歌《るか》さんって呼んでるのに……あ、でもわかります、わたし。それって、女學生《じょがくせい》の間で大流行の『エス』っていうやつですよね」

「は？」

流歌《るか》はなぜか未來《みく》の前でエプロンの端を握ってうれし恥ずかしそうにうつむいて、もじもじしている。

「二周目でも最初のお手紙は、わたしから書きますね」

「二周目？」

なんのことだろう。

「このお姉さんは、いつもおかしいんだよ」

初恋の味
スピカル

声のした方を見上げると、中二階のテーブル席に同じ顔の姉弟《きょうだい》が横並びに腰掛けて、こちらに手を振っていた。その様子はどこか滑稽《こっけい》で、なんだか愛らしくほほえましい。

「今日はご姉弟《きょうだい》でお食事ですか？　いいですよね、家族って」

流歌《るか》はどこかうらやましそうに云《い》った。

――ボクたちはあなたの妹と弟でもあるんだけど……。

そう喉まで出かけた言葉を未來《みく》はかろうじて呑《の》み込んだ。もしかしたら、この世界での流歌《るか》との関係は、少し違ったものなのかもしれない。

未來《みく》は気を取り直すと、流歌《るか》に似た女給に壁に貼ってあったポスターの飲み物を注文する。

「あれ、ありますか？　えっと……『スピカル』」

「え？　嗚呼《ああ》『ルカピス』ですね。少々お待ち下さい。ただいまお持ちします」

女給はぺこりと頭を下げて、厨房へ小走りに戻っていった。

――ああ、この時代って、文字は右から読むんだ……。

壁に貼り付けられた『ルカピス』のポスターと、入り口の扉に書かれた店名『みるくほうる』を交互に見つめて、未來《みく》は一人納得しながら階段を上り、鈴《りん》、錬《れん》の待つテーブル席に腰掛けた。

「海斗《かいと》兄と帝都の街を散歩してきたんでしょ。何か思い出した？」

軍帽を取りながら一息つく未來《みく》に、錬《れん》が案じるように訊《たず》ねた。

「ううん、何も」

思い出すも出さないもない。だけど、錬《れん》の未來《みく》を気遣う表情を見ていると、とてもそうは云えない。

〈ダイジョウブ？〉

また鈴《りん》の抱いている人形がしゃべった。

改めて見ても、布で作られた、ただの文化人形にしか見えない。

いったいどんなカラクリなんだろう？

「ねえ、錬《れん》。今、鈴《りん》の人形がしゃべったよ？」

「そりゃ、しゃべるよ。鈴《りん》の人形なんだから」

当然のように錬《れん》に云《い》われた。

「なるほど」

さっぱりわからない。

わからないことといえば、もうひとつある。

「…………」

「ねえ、錬《れん》」

「なあに、未來《みく》姉」

「ちょっと顔をよく見せて」

あの晩、頭を激しく打ち付け、意識が朦朧《もうろう》としていたので定かではないが、もしこれが現実なら、錬《れん》は未來《みく》を護《まも》ろうとして顔に大怪我《おおけが》をしていたはずだ。

「錬《れん》、忍者にやられた傷はどうしたの？」

「嗚呼《ああ》、なんだ、そのことか。治っちゃったよ。一晩かからずに」

「治った⁉　一晩で？」

「どうしたのさ、未來《みく》姉。僕たちは、『神憑《かみつき》』だよ。大量の『紅《べに》』さえ失わなきゃ、あの程度の傷なんか、怪我の内にも入らないってば」

「紅？」

「僕ら神憑の軀に流れている『神の血』のことだよ。未來《みく》姉だって、普通の人間だったら即死もんだったけど、紅のおかげで、もうなんともないでしょ？」

あっけらかんと告げる錬《れん》の言葉をにわかには受け止めきれず、未來《みく》はうつむいた。

半信半疑ながらもうなずかないわけにはいかない。錬《れん》の怪我も、そして自分自身も、この短期間で傷痕《きずあと》ひとつ無く完治してしまったのは厳然たる事実なのだから。

とても人間業《わざ》とは思えないその『能力』と『カミツキ』という四文字。

「昨夜の忍者も、確かそんなこと云ってた。ボクのこと『カミツキ』だって。いったいそのカミツキってなんなの？」

錬《れん》はしばし目を白黒させ、次いで思い出したように叫んだ。

「そうだった！　未來《みく》姉の『頭の中の怪我』はまだ治ってないんだった！」

頭の中の怪我という、錬《れん》の微妙な云いまわしが気になったが、先ほどの問いに対する答えを促すように未來《みく》はうなずいた。

「んーと、神憑っていうのは、文字通り神が憑《つ》くと書いて『神憑』。未來《みく》姉にも僕らにも、それぞれの魂に別々の神様が憑《つ》いていて、他の生物に比べると色々と能力が勝ってるんだって。そのおかげで軍人になれたんだけどね」

──神が憑いた軍人……？

錬《れん》はとんでもない事をさらりと云《い》ってのける。

「まだ見習いの學徒兵《がくとへい》だけど、僕ら神憑《かみつき》は、平和を脅かす『影憑《かげつき》』からこの帝都を護《まも》ることがお役目なんだ」

未來《みく》の脳裏に、先ほど兄と一緒に見て廻《まわ》った美しい街並みがよぎる。

この帝都を護《まも》るために、兄や錬《れん》たちも、あんなチャンバラ劇を日常茶飯事的に繰り広げているというのだろうか。

「なんだかまだ夢の続きを見ているみたいで、頭の中がぐるぐるなんだけど……。えっと、じゃあ、あの忍者も錬《れん》の云うその『カゲツキ』とやらの仲間なの？」

そういえば、ボクを喰《く》うとか云ってたような……。

「……たぶんね。影憑は影に憑かれたモノのことだよ。僕ら神に憑かれた神憑とは真逆の存在で、奴らとは天敵同士なんだ」

ガッシャーン！

「きゃあああっ！」

「‼」

「⁉」

けたたましい物音と悲鳴に、鈴《りん》を除いた全ての客が、一斉に音のした方を振り返った。

「またかい、流歌《るか》！　あんた、今日だけで何度目だい⁉　いくらなんでも、ものには限度ってものがあるだろうに‼」

床には銀のトレイと無残にも粉々に割れたギヤマングラスが転がっている。こぼれた液体はおそらく、さっき未來《みく》が注文した飲み物だろう。この惨状から察するに、どうやら先ほどの女給が、厨房から運ぶ際に転んで台無しにしてしまったに違いない。

「御免なさい、御免なさい、申し訳ありませんっ！」

厨房から飛び出して怒鳴り散らす店主に、流歌《るか》は、ぺこぺこと何度も頭を下げて平謝りしていた。錬《れん》がその様子を見て、呆《あき》れたようにため息をつく。

「あの女給さん、いつもあんな調子で怒られてんだ。僕らの飲み物も、さっきやっと届いたばかりだよ。あの様子じゃ、未來《みく》姉のもしばらく来そうにないね」

あのドジっぷりは、やっぱり流歌《るか》姉だ。この世界でもそこは変わらないんだ……。

名前も同じ『流歌《るか》』。ということは、未來《みく》の家族は六人全員、同じ名前でこの帝都にそれぞれ異なる立場で存在することになる。未來《みく》はほっと安堵《あんど》のため息をついた。

「……なんだ、みんな一緒なら……ちょっと安心」

「ん？　一緒って？　僕らのこと？」

錬《れん》の問いに未來《みく》はほほえみながらうなずいた。

「……今まではそれが当たり前で、なんでもない事だったはずなんだけど……今はそれがあるから頑張れる気がするの」

後半は自分に云《い》い聞かせるような言葉だった。無論、錬《れん》はなんのことかわからないといった風に首をかしげている。

「どうしたの？　喉が渇いてるの？　僕のルカピス、少し飲んでいいよ」

「あ、いや、そうじゃなくて……」

錬《れん》の見当違いな気遣いがおかしくて、でもうれしくて自然と笑みがこぼれる。

「それじゃ、ちょっとだけ貰《もら》うね、ありがと、錬《れん》」

差し出されるギヤマングラスを、未來《みく》は受け取る。


からん。


傾けたグラスの中で、氷が涼しげな音色を奏でた。

仄《ほの》かに甘酸っぱい優しい味に、どこか懐かしさを感じる。

ふと『初恋の味』という似た名前の商品のふれ込みを思い出した。

そもそも初恋に味があるのかさえ、未來《みく》にはよくわからない。そんなとりとめのないことを考えていると、鈴《りん》がじっと黙ってこちらを見つめていることに気づいた。

「どうしたの、鈴《りん》？　何かボクに話したいことがあるの？」
未來《みく》は鈴《りん》に問いかける。しかし、右目に眼帯をしている鈴《りん》は、人形のような、硝子《ガラス》のような
その左の瞳で未來《みく》を見つめるだけだ。
そういえばこちらの世界に来てからというもの、人形の声は聞いたが、まだ鈴《りん》自身の声は一
度も聞いていなかったことに未來《みく》は気づいた。未來《みく》は黙って鈴《りん》が口を開くのを待つ。
「鈴《りん》は言葉を話せないよ、未來《みく》姉。それも忘れちゃったの？」
錬《れん》が少し寂しそうにつぶやいた。

——言葉を話せない？　鈴《りん》が？


なぜと続けようとして、未來《みく》は思いとどまる。

訊けば余計に彼らを傷つけることになるのがわかったからだ。

「すみません。大変御待たせ致しました……」

着物の袖から伸びた手が未來《みく》の注文した飲み物をテーブルに置いた。

先ほどの女給、流歌《るか》だった。

「さっき転んでいたみたいだけれど……大丈夫？」

「あ、はい。お恥ずかしいところをお見せしてしまってすみません。わたし、いつもおっちょ
こちょいで……」

流歌《るか》は未來《みく》の前で気まずそうな、ぎこちない笑顔を作った。目が赤い。今し方まで奥で泣いていたのだろう。姉の流歌《るか》と顔も姿も瓜二《うりふた》つなだけに、未來《みく》にはそれが余計に痛々しく思える。

「どうしたの、未來《みく》姉？」

流歌《るか》が立ち去った後もずっとそちらの方向を見つめていた未來《みく》に、錬《れん》は不思議そうに訊《たず》ねた。

「未來《みく》姉って、何をやっても完璧だから、ああいうドジな人を見ると助けてあげたくなっちゃうんでしょう？」

「完璧？」

——完璧って、誰のこと？　……あれ？


ふと、今さらながらに思い当たる。

未來《みく》が元の世界に戻る方法を見つけるのと、同じくらいにとても重要なこと。

それは。


——元々この世界にいた『初音未來《はつねみく》』は、いったいどこに行ったんだろう？

第五場

屋敷に戻ると、未來《みく》はすぐに自分の部屋で化粧着に着替えた。

鈴《りん》と錬《れん》も今日は疲れたみたいで、大人しく自分たちの部屋に戻っている。

海斗《かいと》はまだ近衛《このえ》師団から帰ってきていない。執事の爺《じい》に訊《たず》ねると、今夜は遅くなると連絡があったそうだ。鏡台の鏡に映る自分自身を見つめながら、未來《みく》は考え事をする。


——ここがボクの部屋？　どう考えたって、それはありえない。

海斗《かいと》兄様は将校みたいな軍服を着て子爵《ししやく》だとか云《い》っていた。

今が大正一〇〇年だなんて、もっとありえない。

そりゃあ、みんなどこか時代錯誤な恰好《かっこう》をしてたけれど——。


大正は一五年でその時代の幕を閉じ、昭和を経て平成になった。

それくらいの知識はいくら勉強の苦手な未來《みく》でも知っている。

まさか……。

無意識のうちに考えないようにしてきた言葉を、未來《みく》は心の中でつぶやいた。

──神隠し。

桜の木の下で聞こえた不思議な歌。

千本桜《せんぼんざくら》の前でいきなり襲いかかってきた忍者。

あれらは全部、こちらの世界で起きた現実だろうか？

未來《みく》は鏡台の椅子《いす》から思い立ったように立ち上がった。

クローゼットを開け學生服《がくせい》を引っ張り出すと衣嚢《いのう》の中を探り、葡萄茶《えびちゃ》色の革表紙に銀の箔押《はくお》しの桜紋が刻まれた『生徒手牒《てちょう》』を見つけた。

そこには兄様から聞かされた學校名と生徒名が記されていた。

帝都桜京學院《おうきょうがくいん》中等科女子部　弐《に》年櫻組《さくら》　初音未來《はつねみく》

──つまり、この世界でのボクの手牒。


次いで未來《みく》は、學生服の隣に掛けてあった長春色《ちょうしゅんいろ》の軍服を取り出す。

胸衣嚢の手牒を手に取り確認する。

憲法色の革表紙に桜紋の金の箔押し、その下に『軍隊手牒』の文字。

神憑《かみつき》特殊桜小隊。

――これがボクの所属する軍の部隊名。

未來《みく》は不安と同時に、ひとつずつ謎が解き明かされていくような奇妙な興奮を覚えた。ボクはどうやらこの世界では本当に、『女學生《じよがくせい》』で『軍人』で――しかも『華族のお嬢様』らしい。

未來《みく》は生徒手牒《てちよう》を手に、學生服と軍服を再びクローゼットの中に掛け直した。ここには、黒猫の尻尾をかたどった取っ手が付いている。どこかで見覚えがあるように思えるのは気のせいだろうか。

未來《みく》は何かを決意したかのように、ぱたりと静かに扉を閉じると、大きなため息をついた。

もうこの世界が夢か何か、などという考えは、すっかり消えて無くなっていた。

きっとあの不思議な歌が聞こえた直後、未來《みく》は鳴子《めいこ》が云《い》っていた『神隠し』のようなものに遭《あ》ったに違いない。

ここで自分の主張を頑《かたく》なに貫いたところで、今の問題が解決するとは思えない。

それは未來《みく》が元の世界の話を切り出した時の周囲の反応を見れば明らかだった。

下手をすれば記憶喪失の治療と称して、病院送りにされてしまうかもしれない。

可能な限りそういった事態は避けたい。何よりもこの世界の家族の皆を悲しませたくない。特に今日の海斗《かいと》の落ち込みようは相当なものだった。

「…………」

きっと平成の家族たちも心配しているに違いない。もし神隠しから帰れる術《すべ》があるなら、決して誰にも気づかれないようにこっそりとそれを探そう。それまではこの大正の家族たちを必要以上に悲しませないよう、こちらの未來《みく》であり続ける。

そう、この世界でもボクは——初音未來《はつねみく》。

大正時代の空気を取り込むように大きく伸びをしながら深呼吸すると、未來《みく》はそのまま寝台の上に身を投げ出した。振動で天井の煌《きら》びやかなシャンデリアのカットガラスがゆらゆらと揺れ、幻想的な瞬《また》きを見せる。

未來《みく》は手に持っていた生徒手牒《てちょう》を開いた。

ぱらぱらと頁《ページ》をめくると、それは美しい字で日々のあれこれがしたためられている。如何《いか》にこの世界の同じ「自分」とはいえ、人様の手牒を勝手に読むのは気が引けるが、事情が事情だけに致し方ない。彼女に成りすまし、この大正一〇〇年でこれから生きていかねばならないのだから。

未來《みく》は心の中で手を合わせ、もう一人の自分に詫《わ》びながら頁をめくった。

帝都櫻京學院《おうきようがくいん》　生徒手牒《てちよう》　中等科女子部弐年《に》櫻組《さくら》　初音未來《はつねみく》

卯月《うづき》一日

弐學年の生徒手牒を頂いた。
制服、襟巻、編上下駄靴、鞄、新調。
御兄様から鈴《りん》や錬《れん》と色違いで御揃《おそろ》ひの御道具箱まで頂いた。うれしき。

卯月二〇日

午後より消防出初め式を觀《み》にいく。初等科も參加。
大いに賑やかにて錬も鈴も樂《たの》しげで何より。歸《かえ》りは圓《えん》タクを呼び歸邸《きてい》。

皐月《さつき》三日

夕刻に御兄様と帝劇へ。
第參幕、壱場で、王子と姫が手を取り合つた後、御兄様に目隠《めかく》しされよく見えず。
弐場以降は御兄様の御許しならず、觀劇《かんげき》中止。
そも、男女の祕《ひ》めごとは人様が、見るものでも見せるものでも無いと、
御兄様は云ふ。御機嫌ナヽメで九時に歸邸。
ずつと樂しみにしてゐたのに。續《つづ》きも氣《き》になるけれど仕方なし。

水無月《みなづき》二日
頂いた贈物の中に學院《がくいん》に持ち込み禁止の雜誌、令嬢界があつて慌てゝ隠《かく》した。
そのまま持ち歸《かえ》り引き出しの奥にしまつた。大いに困る。どう処分したものか。

水無月一八日
算術の不意試驗《しけん》。滿点を御兄様に褒《ほ》められうれし。
高等科の御姉様が斷髪《だんぱつ》なさつて先生にお叱りを受けてゐた。
休み中にモガの眞似《まね》は決してせぬようにと先生から御注意。

文月《ふみづき》七日
櫻星會《おうせいかい》とのお付き合いは控えるようにとのこと。
御相手は近衛の神憑《かみつき》ならば可、他は否と空會《そらえ》が云《い》ふ。
けれどわたくしこそ神憑では無いかも知れぬのに。
いよく\再檢査《けんさ》に行きにくゝなつた。
種撒月《たねまきづき》の夜は婦女子は出歩かぬようにとの御注意も受けた。

弐幕

影隠神隠

――かげかくしかみかくし――

第一場

あなたが川に落としたのは、金のネギですか？　それとも銀のネギですか？

いいえ、ボクが落としたのはネギ増し増しの……。


「おはよー！　未來《みく》姉ーっ！」


錬《れん》は未來《みく》の部屋の扉を開けるなり、未來《みく》の寝台の上に勢い良く飛び乗ってきた。

激しく布団を揺すって、まだ夢心地の未來《みく》を起こそうとする。

一緒についてきた鈴《りん》も、錬《れん》の行動を真似《まね》て未來《みく》の軀《からだ》をゆさゆさと揺すり始めた。

「起きて、未來《みく》姉！　早く起きないと學院《がくいん》に遅刻しちゃうよ！」

「……んんー？　學院って？」

何か夢を見ていたような気がしたのだが、双子の姉弟《きようだい》に素敵な起こし方をされたおかげで忘れてしまった。

「桜京學院《おうきよう》のことだよ、海斗《かいと》兄から學院に行くように云《い》われたんじゃないの？」

その言葉に、昨日、兄から説明を受けていたのを未來《みく》は思い出す。

未來《みく》は、ごしごしと目をこすりながら緩慢な動作で上半身を起こすと、大きなあくびをひとつして、天蓋《てんがい》付きの寝台から降りて窓際へと向かった。

窓掛けと窓を開けて、新鮮な空気を室内いっぱいに取り込む。朝陽《あさひ》を浴びながら、大きく背中を反らして深呼吸をすると、ようやく目が覚めてきた。

未來《みく》はクローゼットから學生服を取り出して、鏡台の前で着替え始めた。

下着の代わりに胸に真っ白なさらしを巻きつける。

その隙《すき》に錬《れん》がかいがいしく、未來《みく》の鞄の前に教科書を揃える。

「えっと、今日の時間割は……第一時限が裁縫でしょ、それから第二時限は算術で、その次が綴方《つづりかた》、あとは唱歌と……」

「え――――っ、裁縫⁉」

「未來《みく》姉って、裁縫嫌いだっけ？」

「え？　き、嫌いじゃないってば……ただ、得意じゃないだけで……」

しどろもどろに未來《みく》は応《こた》える。

でも裁縫や唱歌はいいとして、サンジュツとツヅリカタってなんだろう？

未來《みく》は耳慣れない科目名に一抹の不安を覚えつつも着替えを続ける。

帝都桜京學院中等科の制服は、当然のことながら未來《みく》のいた時代とはデザインが違う。振袖が付いた黒いセーラー服に、太ももまである同色のニーハイソックス。黒い生地に白いラインが一本、上着、スカート、ハイソックスのそれぞれに入っているのがとてもお洒落《しゃれ》だ。

未來《みく》はこの學院の制服がいっぺんに気に入ってしまった。

「どう。似合う？　サイズもぴったり」

「そりゃそうだよ。未來《みく》姉の制服だもん」

鍊《れん》の云《い》うとおりではあったが、この時代の未來《みく》と自分が、体形も全く同じだということに改めて感動する。特に胸部には安堵や共感、同情といったなんとも云い難い複雑な感情を覚える。

「あっ。リボン、忘れてるよ、未來《みく》姉」

鞄と巾着袋《きんちゃくぶくろ》を片手に未來《みく》が部屋を出ようとすると、慌てて鍊《れん》が呼び止めた。

「リボン？」

リボンならたった今、結んだばかりだ。胸の赤いリボンを見下ろして未來《みく》は首をかしげた。

「髪を結ぶリボンだよ。あ、覚えてないのか。未來《みく》姉は、いつも頭の両脇に結んで學院《がくいん》に行ってたんだ」

「そうなんだ。じゃあ、ボクも同じようにしなきゃね」

未來《みく》はクローゼットに引き返す。

「違うよ、リボンは鏡台の引き出しの中だよ」

現在の部屋の持ち主より、鍊《れん》の方が詳しいことに未來《みく》は苦笑した。

おそらく鍊《れん》と鈴《りん》は、毎日のように『未來《みく》』を起こしに来ていたに違いない。未來《みく》は鏡台の椅《い》子《す》に腰掛けて引き出しを開けた。鍊《れん》の云った通り、黒いリボンがふたつ並んで入っていた。元の持ち主の性格を表すかのように、ふたつのリボンは一ミリの狂いも無く整然と並べられていた。この時代の未來《みく》は、かなり几帳面《きちょうめん》な性格なのかもしれない。

未來《みく》は左右の髪を黒いリボンで結ぶと、両手を水平に伸ばし、双子の姉弟《きょうだい》の前でくるっと一廻《まわ》りしてみせた。プリーツスカートと振袖が優雅に舞う。

「着替え完了！　お待たせ、錬《れん》、鈴《りん》」

第二場

學生のほとんどが人力俥《じんりきしゃ》や俥《くるま》を使って登校する中、未來《みく》たちは巾着袋と鞄を手に徒歩で學院へと向かっていた。道すがら錬に帝都桜京學院《おうきょうがくいん》の話を訊きながら歩く。

ふと、カラカラと忙しない音に、未來《みく》は振り向いた。道ばたの至る処《ところ》に、やけに背の高い赤い風車が廻《まわ》っている。不思議そうに見つめている未來《みく》へと錬が話し掛ける。

「紅色の風車は慰霊だよ。あそこで誰か死んじゃったんだ」

「えっ⁉」

「本当に全部忘れちゃってるんだね。あと、有刺鉄線で囲まれた場所にも近寄らないでね。影《かげ》憑《つき》が頻繁に出入りする場所だから、中に入ると影に堕《お》ちちゃうこともあるんだって」

「何その落とし穴」

「この帝都では、少しでも変だと感じた場所には近寄らないことだよ」

錬《れん》の言葉に思わず身震いする未來《みく》の視界を、唐突に赤い何かが横切った。

ゆらゆらと目の前で優雅に泳ぐその姿、まぎれもない昨日見かけた、空を泳ぐ赤い金魚だ。

「あ！　飴屋の金魚だ！」

そう叫ぶや否《いな》や、錬《れん》は未來《みく》の目の前を行く金魚に勢い良くかぶりついた。

「れ、れれれ、錬《れん》ったら！　なんてことするの、金魚さんが可哀想《かわいそう》でしょー！」

錬《れん》は咥《くわ》えた金魚の尾を、パキンっと折ると、驚いて止めに入る未來《みく》の口へと突っ込んだ。

「んぐぐ！　……あら？　美味《おい》しい!!」

鼈甲《べっこう》飴の優しい甘い香りと瑞々《みずみず》しい味に一気に包まれ、未來《みく》は思わずその口元を押さえる。

「飴屋の飴細工だよ、見つけたら新鮮なうちにすぐ食べないと、溶けちゃうでしょ？」

錬《れん》はさらにもう一匹の金魚を捕まえると、鈴《りん》に渡しながらほほえんだ。

「食べてあげないほうが可哀想だよ」

「そ、そうなの!?」

どうやら、この帝都では、飴細工とはそういうモノらしい。

新鮮なうちにと云《い》うわりには、ビチビチと躍《おど》り食いのようになることは無く、口に入れた途端、金魚飴はその生を全うしたかのように、静かに舐められている。

まな板の上の鯉ならぬ、舌の上の金魚飴だ。狐につままれたような面持ちで、未來《みく》が金魚飴を頬張《ほおば》っていると、突然、その背後で俥《くるま》の警笛が鳴り響いた。未來《みく》は慌てて錬《れん》と鈴《りん》の手を引き道の端に寄る。

黒塗りの俥が、ゆっくりとした速度で目の前を通り過ぎていく。と思いきや、未來《みく》たちを追い越してすぐに停車した。徒歩の未來《みく》たちが俥に追いつくと、その俥の後部座席に座っていた

女學生《じょがくせい》が、窓を開け親しげに声を掛けてくる。

「ごきげんよう。未來《みく》さん。昨夜の雨も止んで清々《すがすが》しい朝ですわね」

「ご、ごきげんよう――え、え――――っと」

――誰だろう？

とっさに挨拶を返したが、もちろん未來《みく》の知らない女學生だ。同じ制服を着ているところを見ると、帝都桜京學院《おうきょうがくいん》中等科の生徒だろう。後部座席に座ったまま声を掛けてきた女學生の髪型は、漫画でしかお目にかかれない、白金色の縦巻きロールだ。気品の漂う整った顔立ちで、おそらく彼女もお金持ちのお嬢様に違いない。

「何をきょとんとしていますの？　幼馴染《おさななじ》みの顔をお忘れ？」

「お、幼馴染み⁉」

未來《みく》は助けを求めるように、こっそりと錬《れん》の方を見る。

「裏の大きなお屋敷に住んでる御前賀《おまえが》家の意地悪悠那《ゆうな》だよ」

「そっ、そこのちっちゃいの！　聞こえましてよ！」

悠那《ゆうな》という女學生は、キッと錬《れん》の顔をにらんだ。錬《れん》の方は、そっぽを向いて知らん顔だ。

――この二人、仲が悪いのかな？

そんなことを考えながら二人のやりとりを未來《みく》が眺めていると、その視線に気づいたのか、悠那《ゆうな》は軽く咳払《せきばら》いしてから未來《みく》に向き直る。

「ところで未來《みく》さん。もう學院へいらして平気なの？　わたくし、父から聞きましたわ。なんでも、名誉の負傷をなされたとか……でも見たところ、どこも悪くなさそうですし、負傷したというのは、犯人を取り逃がした言い訳かしら？」

「未來《みく》姉が悪いのは頭の中だけだぞ！　見た目よりずっと酷《ひど》いんだ！」

すかさず錬《れん》が云《い》った。


——錬《れん》……かばってくれるのはうれしいけど、その表現は様々な誤解を招く。


「犯人だって僕らで絶対捕まえてやるんだ！」

「ずいぶんと威勢が良いのね。まあ、貴方方《あなた》、鏡音姉弟《かがみねきょうだい》は神憑《かみつき》というだけで青音《せいね》家に住まわせていただいているのですから、海斗《かいと》様のお役に立てるようにせいぜいお励みなさい」

それだけ云うと、悠那《ゆうな》は俥を走らせるよう運転手に命じる。

「やって頂戴《ちょうだい》」

その瞬間、タイヤが水たまりを踏み、運悪く泥水が未來《みく》の制服のスカートへと跳ねる。

「あっ……」

未來《みく》は思わず自分のスカートを見つめた。新品同様の布地に無残な泥模様が描かれていた。

「追いかけよう、未來《みく》姉！　謝らせるんだ」

未來《みく》がしょんぼりとしていると、錬《れん》が云った。

「い、いいよ。わざとじゃないし。これくらい……」

「未來《みく》姉がそう云《い》うならいいけど……でも、悠那《ゆうな》姉はいつも未來《みく》姉に意地悪だから、あまり好きじゃないんだ。あんなのが中等科の生徒会長だなんて世も末だよ」

「え？」

――未來《みく》姉に意地悪？

てっきり仲が悪いのは、悠那《ゆうな》と鍊《れん》のことだと未來《みく》は思っていたのだが、どうやら違ったらしい。だがそれよりも、悠那《ゆうな》は去り際に気になることを云い残していった。

――神憑《かみつき》というだけで青音《せいね》家に住まわせていただいているのですから、海斗《かいと》様のお役に立てるようにせいぜいお励みなさい――。


これはどういう意味だろう？

「大丈夫？　よろしければ、どうぞこちらをお使いになって」

考え事をしていると、突然、見知らぬ女學生《じょがくせい》に洋巾《ハンカチ》を差し出されて、未來《みく》は振り返った。

漆黒の長い黒髪に落ち着いた京紫《きょうむらさき》のリボン。

未來《みく》より背が高く、随分と大人びている。おそらくは上級生だろう。

「あ、でも、洋巾が汚れてしまうから……」

「うふふ。おかしなことを云うのね。いいのよ、洋巾は汚れるものなの」

なんだかとっても素敵な言葉に、未來《みく》は彼女の瞳を改めて見つめた。

つややかな長い睫毛《まつげ》に縁取られた、潤《うる》んだ黒曜石の瞳。

まるで紅《べに》を引いたように濡れた唇は、優しくほほえんでいる。

「じゃ、じゃあ、お借りします。あの、あとで洗って返します……」

「いいのよ。どうぞお気になさらないで。わたしは教えてもらった通りにしただけだから」

彼女は上品な物腰で、未來《みく》たちに軽く会釈すると、先に行ってしまった。

「悠那《ゆうな》姉と違って、親切なお姉さんだね。あ！　その洋巾いい匂いがする！」

鍊《れん》が洋巾を貸してくれた女學生の後ろ姿を見送りながら、はしゃぐように云った。

「それじゃ、男子部はこっちだから、僕もう行くね。鈴《りん》のこと頼んだよ未來《みく》姉」

鍊《れん》は元気よく敬礼すると、帝都桜京學院《おうきょうがくいん》の男子部の正門へと駆け出していく。

「鍊《れん》も頑張ってね。鈴《りん》のことは任せて」

未來《みく》の言葉に振り返りこちらに手を振る鍊《れん》に、未來《みく》は先ほどの親切な上級生に手渡された洋巾を振って応《こた》えた。

上品で甘くどこか謎めいた香りが鼻腔《びこう》をくすぐる。未來《みく》が洋巾を拡《ひろ》げてみると、隣でぼーっとしていた鈴《りん》が珍しく反応して未來《みく》の手元に視線を移した。

「ほら見て、鈴《りん》。名前が刺繍《ししゅう》されてる……よかったぁ。洗って後日、何かお礼と一緒に返しにいかなきゃ」

未來《みく》が向き直ると、鈴《りん》はまたいつものようにただ宙をぼんやりと見つめていた。

第三場

學院《がくいん》の廊下の床はリノリウムではなく、天然の木材で出来ていた。一歩足を踏み出すごとにぎしぎしと床がきしむのがなんだか楽しい。床も天井も教室の壁も全部木材で出来ているというだけで、こんなに心が安らぐなんて未來《みく》は知らなかった。

未來《みく》は鈴《りん》に付き添って初等科の校舎まで行こうと考えていたが、逆に鈴《りん》に中等科にある未來《みく》の教室の前まで案内されてしまった。鈴《りん》はその間も一言もしゃべらずに、未來《みく》の制服の袖の端を小さな手でぎゅっと握り締めて歩いていたので、未來《みく》はてっきり、鈴《りん》が初等科の自分の教室へと向かっているのだと勘違いしていた。しかし、それが間違いだと気づいたのは、すでに未來《みく》の教室の前に到着し、鈴《りん》が足を止めた後だった。

『弐《に》年櫻《さくら》組』

右から左へとそう書かれている。

「ここ、ボクの教室？　もしかして、ボクがわからないと思って案内してくれたの？」

「…………」

鈴《りん》は人形のような瞳を未來《みく》に向けただけで、言葉を発するどころかうなずくことすらしない。

ただ、ぼうっとそこにたたずんでいる。

それでも、未來《みく》には鈴《りん》の気持ちがわかったような気がした。

「ありがとう、鈴《りん》。すごく助かったよ」

未來《みく》が鈴《りん》の頭を撫でて云《い》うと、鈴《りん》はしばらくされるがままになっていたが、そのうち頼りない足取りで今来た道を引き返し始めた。今度こそ、初等科の教室へと向かったに違いない。

このまま鈴《りん》を初等科に一人で行かせちゃっていいのかな？

一瞬、鈴《りん》の背中を追って歩きかけて未來《みく》は立ち止まる。鈴《りん》を初等科に送ったら送ったで、再び鈴《りん》は未來《みく》を中等科の校舎まで送ろうとするだろう。そんなふうに二人して行ったり来たりしていたら、二人とも完全に遅刻だ。

未來《みく》は鈴《りん》の背中が見えなくなるまで見送って、それから思い切って自分の教室に入った。すると、いきなり複数の女學生《じょがくせい》に声を掛けられた。

「ごきげんよう、初音《はつね》さん」

「ごきげんよう、未來《みく》さん」

「……ごっ、ごきげんよう」

面くらいながらも、控えめな声で上品に朝の挨拶をする彼女らに、未來《みく》は大慌てで応《こた》える。

――うわあ。本格的なお嬢様學院だ!!

未來《みく》を含め、この帝都桜京學院《おうきょうがくいん》に通う女學生《じょがくせい》は、そのほとんどが元は公家《くげ》や武家の家柄の娘たちだ。予鈴《よれい》の前に立ち話に興じている彼女たちは、確かに皆どこか気品のようなものが漂っているように見える。幸い、未來《みく》に不審感を抱いている者はまだ一人もいないようだ。

學院へ向かっている間は、転校生になった気分でいたが、こうしているとまるで、何年も前からこの教室で勉学に励んでいたような気がしてくる。

が、それがただの錯覚でしかないことは、教室の中をうろうろと行ったり来たりしているうちにすぐに思い知らされた。自分の席が、わからないのだ。

……それにしても、始業の時間も間近だというのに、やけに空席が目立つ。しかもそれらの空席には例外なく、紅《くれない》の彼岸花《ひがんばな》が一輪、花瓶に活《い》けられてある。──なんだろう？

不気味に思って首をかしげていると、未來《みく》の様子に気づいた女生徒の一人が声を掛けてきた。

「どうかなさったの、未來《みく》さん？」

「う、うん、えっと……ボクの席ってどこだっけ？」

未來《みく》は覚悟を決めて、ちょっとど忘れした様子を装って訊いてみた。

「まあ、ふふ。朝からいったいなんの御冗談？　未來《みく》さんのお席は、私のお隣でしょう？」

丸眼鏡がよく似合う、三つ編みの女學生は「こちらよ」と未來《みく》の手を引き、窓際の一番後ろの席へと案内してくれた。

「ここが初音未來《はつねみく》さんのお席。でも、未來《みく》さんが御冗談を云《い》うなんて、珍しいこともあるのね」

そう云いながら、未來《みく》の隣の席に座ると、丸眼鏡の女學生は愛想良くほほえんだ。

それから何か思い出したように続ける。

「そういえば、この間の話……」

「えっ、なになに。なんの話？」

「私もね、お父様に、今話題の活動写真に連れていっていただいたの」

「活動写真ってナニ？」

「え、何って……未來《みく》さん、この間、御兄様に活動写真に連れていっていただいたっておっしゃっていたじゃない」

訝《いぶか》しげな表情で女學生は未來《みく》の顔を見つめる。

——いや……それ、云ったのボクじゃないから。

なんて説明しよう……。

未來《みく》が迷っていると、予鈴が鳴り響いた。同時に教室に先生が入ってくる。朝の挨拶を終えると、開口一番、先生が云った。

「一昨日、初音《はつね》さんは軍の任務で頭部を負傷なさったそうです。そのため、一時的に記憶を失っておられます。いいですか、皆さん。初音《はつね》さんの、この度の御怪我《おけが》は御國《おくに》のために負った、名誉の負傷です。級友として、初音《はつね》さんの記憶が戻るまで、手助けして差しあげましょう！」

——そういえば昨日、海斗《かいと》兄様が學院には連絡しておくと云っていたっけ。

突然のことに、教室内がざわめく。視線が窓際の一番後ろである未來《みく》の席に集中する。

「え、えっと、あの、その、つまり……そういうことなんです、すみません」

級友たちの視線にいたたまれず、未來《みく》はしどろもどろに謝ってみた。

次の瞬間、女學生《じよがくせい》たちは一人の例外もなく「未來《みく》さんが御國《おくに》のために」「なんておいたわしい」などとシクシクと同情の涙を流し始める。

——大正時代のボク、人望厚すぎ!!


見れば、先生まで着物の袂《たもと》で目頭を押さえている。とんでもない事態になってしまったと未來《みく》がとまどっていると、隣の丸眼鏡の女學生が、涙ながらに未來《みく》の両手を握りしめてきた。

「ご免なさい、私、そんな事情があったなんて知らなくて。未來《みく》さんの御冗談だとばかり……」

「えっ、ううん」

未來《みく》は首を横に振った。

「ボクなら大丈夫だから、えー……っと」

慌てる未來《みく》の様子を察したように、女學生は改めて、多々良琴子《たたらことこ》よと名乗った。

第四場

一時限目、裁縫の授業が始まった。この教室ではどうやら、前回の授業の続きで袴《はかま》を縫っているらしい。女學生たちは各々《おのおの》、教室の後ろにある生徒用の棚に作りかけの袴を取りにいくと自分の席に戻った。未來《みく》も彼女たちに倣《なら》って、生徒用の棚に自分の名前を探す。そこには、未《み》來《く》の作りかけの袴があった。色の濃い、深緑の袴だ。

羽織姿の年配の女教師が、前回の授業のおさらいを軽く口頭で説明。続きを縫い始めるように生徒たちに指示を出す。

未來《みく》は縫いかけの袴を机に拡《ひろ》げて、早速、慣れない裁縫に取りかかる。

周りの女學生らが慣れた手つきで淡々と作業をこなしているなか、未來《みく》だけが糸を針の穴に通すのに四苦八苦していると、バタバタと慌ただしく廊下を駆けてくる足音が聞こえてきた。

生徒たちは皆、いったい何事かと裁縫の手を止めて廊下を注視する。

足音は未來《みく》たちの教室の前で止まった。ノックの後、扉が開くと初老の女性の難しい顔が現れ、応じた先生が廊下へと出ていく。

「また何かあったのかしら。あれ、三年の學年顧問の先生よ」

琴子《ことこ》が未來《みく》にささやく。

もちろん、未來《みく》にわかろうはずがなかったが、琴子《ことこ》の云《い》い廻《まわ》しに疑問が残る。

——また？

しばらくして裁縫の先生が教室に戻ってきた。深刻な面持ちで生徒たちを見廻す。

「三年の九条《くじょう》さんが、登校後、行方不明になったそうです。事件の可能性があるので、本日は休校とします。皆さん、寄り道はせず帰宅するように」

教室内は、先ほどよりもずっと大きなざわめきに包まれた。皆、近くの席同士で顔を見合わせている。

學年《がくねん》顧問は再び廊下を駆けていった。おそらく一年生の教室も同じように廻《まわ》るのだろう。

授業終了の鐘が鳴り、重いため息と共に裁縫の先生が出ていく。教室は再び騒がしくなった。

「九条《くじょう》さんって……あの御姉様かしら」

「御姉様？」

琴子《ことこ》のつぶやきに訊《たず》ね返す未來《みく》に、琴子《ことこ》はまるで秘密でも口にするかのようにささやく。

「以前から未來《みく》さんに、随分とお熱を上げていらした御姉様よ」

「ボクに？　お熱を？」

――なんのことだろう？

「ええ、御姉様がお気に入りの下級生に入れあげるのは、女子部ではよくあることよ。でも何があったのかしら、確かに九条《くじょう》家は色々とお噂が絶えない御家だけれど……」

琴子《ことこ》は表情を曇らせたが、それ以上は口をつぐんだ。未來《みく》はふと、何かを思い出したように、

今朝、初めて会った上級生に借りた洋巾《ハンカチ》を衣嚢《いのう》から取り出して、刺繍《ししゅう》の名前を確かめる。

――九条《くじょう》

「未來《みく》姉っ！」

突然響いた男子の声に、教室の誰もが振り向いた。未來《みく》も顔を向けると、廊下の窓から身を乗り出して、錬《れん》がこちらに手を振っている。その隣には鈴《りん》もいた。

「れ、錬《れん》⁉　鈴《りん》⁉」

――どうして男子部の錬《れん》が、女子部の教室に⁉

未來《みく》は慌てて廊下に駆け出す。

「駄目じゃない。ここ、女子部の校舎よ。錬《れん》が入ってきたら大騒ぎになっちゃう」

未來《みく》が一人おろおろしていると、錬《れん》はさも当たり前のように笑った。

「學院公認だから平気だよ。未來《みく》姉は覚えていないかもしれないけど、いつも事件の度に未來《みく》姉の教室に来てたんだ。ほら、その証拠に誰も驚いてないでしょ？」

未來《みく》は背後を振り返る。そういえば皆、錬《れん》の声に反応はしたけれど、騒ぎにはなっていない。それどころか「錬《れん》様かわいい」「中に入っていらっしゃい」などと口にして手招きしている女學生《がくせい》までいる。どうやらこの教室で錬《れん》はマスコットのような扱いを受けているらしい。

「錬《れん》がこっちに来たのって、九条《くじょう》先輩が行方不明になった事件のこと？」

「そう。あたしたちの任務だからよ」

気配も無く背後から掛かる声に、未來《みく》は慌てて振り返る。いつの間にか、やけにスタイルの良い眼鏡を掛けた女教師が立っていた。未來《みく》はその教師の顔を見上げて目を丸くする。

「め、鳴子姐《めいこねえ》⁉」

――どうして鳴子《めいこ》姐が學院《がくいん》の先生に？


思わず大きな声になりかけたが、口元にあてた鳴子《めいこ》の人差し指を見て慌てて声を潜める。

「近頃、この學院で行方不明になる生徒が多いから、前々から潜入調査していたのよ」

「潜入って……鳴子《めいこ》姐が女教師に化けて⁉」

「そう、時には庭師、時には教師、時には女學生《じょがくせい》。あたしは桜小隊の密偵なの」


――時には……じょ、女學生⁉


未來《みく》と錬《れん》はどちらからともなく顔を見合わせた。

「それより貴方《あなた》たちも聞いたわね？　中等科の九条蘭《くじょうらん》が行方不明だということ」

未來《みく》と錬《れん》はうなずく。鈴《りん》は文化人形を抱えて、鳴子《めいこ》が手にした學生鞄を凝視している。

「この學院の行方不明者はここ最近だけでもかなりの数よ。明らかにここの女學生が狙われていると見て間違いないわ。それに、今回は犯人が証拠も残してくれたし」

「証拠？」

鳴子《めいこ》はうなずき、手にしていた鞄をまるで遺品でも扱うかのように、そっと未來《みく》に手渡した。

「彼女の鞄よ。校内の涸《か》れ井戸の近くに落ちていたのを見つけたの。鞄の中には……ううん、実際に見た方が早いわ。でも驚かないでね」

胸に抱きかかえるようにして受け取った鞄を未來《みく》が開けた次の瞬間、鞄の中で黒い蟲《むし》が無数に蠢《うごめ》いている様子が視界に入った。悲鳴を上げることも忘れて未來《みく》は硬直する。

──な、何今の、黒い蟲⁉

九条《くじょう》先輩の鞄の中に、どうしてあんな気持ち悪い蟲がたくさん⁉

「だから驚かないでねって最初に云《い》っておいたのに」

「こんなの、誰だって驚きます！」

「よく見て、未來《みく》。それは昆虫の蟲とは違うのよ」

「い、厭《いや》！　どっちも気持ち悪い！」

ようやく金縛りが解けたように、未來《みく》は鳴子《めいこ》に鞄を突っ返した。

鳴子《めいこ》は鞄を受け取りながら苦笑する。

「ごめんなさい。でもこれを見せれば、未來《みく》が何か思い出すかも知れないって、錬《れん》が……」

──錬《れん》～～～～～～～～～～～～～～っ‼

未來《みく》がにらみ付けると、錬《れん》はそっぽを向いて、とがらせた唇でシューシューと鳴らない口笛を吹き始めた。そんな錬《れん》を見て、未來《みく》は怒る気力が急速に失せる。

「この鞄の中にいる影のことを、あたしたちは『影蟲《かげむし》』って呼んでいるわ」

「影蟲？　でも、その影蟲と九条《くじよう》先輩と、いったいなんの関係があるの？」

未來《みく》はまだ胸の動悸《どうき》が治まらない。鞄から極力目をそらしながら訊《たず》ねる。

「影蟲は影憑《かげつき》の手先。つまり影蟲に魅入られるということは、人間が影憑になる前兆なの。影憑は、人間の生命力を食い物にして、どんどん肥大化する化けものよ。九条蘭《くじようらん》が、影憑の次の犠牲者になる前に捜し出さないと、大変なことになるわ」

鳴子《めいこ》は早口で簡潔に説明した。——次の犠牲者？　まさか教室に空席が多いのは……。

未來《みく》は訊《き》きたいことがいくつもあったが、よほど急いでいるのか鳴子《めいこ》は説明を切り上げる。

「詳しいことは道々錬《れん》に訊いて頂戴《ちようだい》。あたしは、この學院《がくいん》内にまだほかにも影蟲が残っていないか確認しないとならないから。大丈夫。すぐに追いつくわ」

「追いつく？」

「僕たちで、九条《くじよう》先輩を捜して、化けもの退治をするってことだよ。それが僕ら、神憑《かみつき》特殊桜小隊の任務なんだから」

錬《れん》は、とんでもないことを、さらっと補足した。


——化けもの退治⁉

未來《みく》は昨夜見た軍隊手牒《てちよう》を思い出す。

『神憑特殊桜小隊　初音未來《はつねみく》』

昨日、カフェで錬《れん》が云《い》っていたことは本当だったのだ。

第五場

未來《みく》と錬《れん》、鈴《りん》の三人は、屋敷には戻らず、急いで制服のまま帝都の街へと捜索に出かけた。

「ねえ、錬《れん》。本当に九条《くじょう》先輩はこっちの方角にいるの？」

あせりと苛立ちの混在する声で訊ねる未來《みく》に、錬《れん》は不敵なほほえみを向けた。とっくに街の中心部は通り過ぎ、ついには帝都の最も外周部分である『砦《とりで》』にまでたどり着いてしまった。

「実はね、鈴《りん》は遠距離からでも影憑の居場所がわかるんだよ」

「えっ、鈴《りん》にそんなすごい能力があるの⁉」

なんの手がかりもなく、ただ捜し歩いているのかと思っていたけれど、鈴《りん》にそんな能力があるのならば、影憑になりかけているという九条《くじょう》先輩を捜し出すことも出来るかも知れない。

未來《みく》は自分の袖をつかんで付いてきている鈴《りん》の顔を顧みた。しかし、鈴《りん》は相変わらず一言も口をきかないまま、胸に例の文化人形を大切そうに抱きしめて、硝子《ガラス》玉のような瞳でうつろな視線を前方に向けている。とても目的を持って歩いているようには見えない。

それとも鈴《りん》の右目の眼帯には、何か特別な秘密でも隠されているのだろうか？

「まだ特訓してる最中だけど、そこそこ発見率は高いと思うよ。あっ、見て未來《みく》姉!!」

「まさかついに九条《くじよう》先輩を見つけたの!?」

錬《れん》が前方を指差して叫んだ。

「駄菓子屋発見！」

「えっ」

思わず未來《みく》は転びそうになった。鈴《りん》が未來《みく》の袖から手を放して、トコトコと駄菓子屋に入っていく。見るからにうれしそうに錬《れん》もその後に続いた。

未來《みく》は愕然《がくぜん》とした。本当に影憑《かげつき》を探知する能力があるんだろうか？


——まさか、駄菓子屋に来たかっただけなんじゃ……。


「未來《みく》姉、鈴《りん》がこれ欲しいって。僕にも買って！」

駄菓子屋の中から、錬《れん》が叫んだ。

疑念が確信へと変わる。未來《みく》も小走りに駄菓子屋の中に入った。

「あのね、二人とも。真面目《まじめ》に九条《くじよう》先輩のことを捜してくれないと」

あめ玉やら何やらを物色している双子の姉弟《きようだい》を未來《みく》は咎《とが》める。

「ちゃんと捜してるよ。確実に対象には近づいてるはずだから、これ買って」

「本当かなあ」

――怪しいものだった。もしや、からかわれているだけなのでは……。

仕方なく未來《みく》が制服の衣嚢《いのう》に小銭でも入ってやしないかと探っていると。

「も、もしかして、未來《みく》さんじゃないですか⁉」

背後からすがるような声が掛かった。まるで迷子になった子供が出すような声だ。振り返ると、買い物かごを下げた流歌《るか》が、真っ赤になった目を手の甲で何度もこすっている。

「ど、どうしたんですか、流歌《るか》さん。こんな処《ところ》で」

「迷子になっちゃったんです……よかったぁ。知ってる人に出会えて」

流歌《るか》は両手で顔を覆うと、安堵《あんど》のためか、うわっと泣き出した。

駄菓子屋にいた他の子供たちが、何事かと流歌《るか》を取り囲んで突っ突き始める。

「と、とりあえず、これで涙を拭いてください。あと、本当に申し訳ないんですが、小銭あったら貸してください。今、手持ちが全然無くて」

「え？」

未來《みく》から洋巾《ハンカチ》を受け取り、涙を拭いながら流歌《るか》は駄菓子屋の店内を見やった。

「あら。未來《みく》さん……この洋巾、九条《くじよう》って名前が刺繍《ししゆう》されてますよ？」

あ、しまった。九条《くじよう》先輩に借りた洋巾を渡してしまった。

「……あのう、仲、いいんですか、この人と」

未來《みく》に洋巾《ハンカチ》を返しながら、どこかすねるような声音で流歌《るか》は云《い》う。

「い、いえ。ちょっと洋巾を借りるときに一回だけ話したことがあるだけで……」

未來《みく》がそう説明すると、流歌《るか》は一転して、ぱあっと明るい顔になる。

店の中では、すでに鈴《りん》と錬《れん》が、お菓子をいくつか食べ始めていた。流歌《るか》は未來《みく》の代わりに駄菓子屋の店主に双子の姉弟《きょうだい》が食べた代金と、あと花見団子を二つ追加して払う。

「未來《みく》さんもおひとつどうぞ」

「あ、ありがとう」

未來《みく》は流歌《るか》から花見団子を受け取った。駄菓子屋の前に置いてある板を貼り合わせただけの簡素な長椅子に二人して座って串団子を食べる。

「美味《おい》しいですねぇ～」

流歌《るか》が口をもぐもぐさせながら、ほくほく顔で云った。

「やったー！　流歌《るか》姉が買ってくれたくじ引きで、絵本が当たったた！」

「え、お金は貸しただけなんですけどぉ……って、わあ、絵本って一等賞じゃないですか！」

錬《れん》がうれしそうに持つ絵本の名は、『地球のっとり大侵略大作戦』。

仰々しく『大』が二つもついていて、いかにも凄そうだ。

表紙は、火星人が、地球を侵略している様子が描かれている。

「わたし、なんだかこの表紙の『火星人』に、すごく親近感を覚えます」

流歌《るか》はまるで子供のように瞳を輝かせながら、錬《れん》と鈴《りん》と一緒になって夢中で読み始める。


――えっと、ボクらは何をしているんだろう？


今は一刻も早く九条《くじょう》先輩を捜さなければならないはずだ。

「困っている人を助けるのも、僕らの仕事だよ」

困っている人……迷子の流歌《るか》と一緒に絵本を読みながら、錬《れん》が云う。

「流歌《るか》姉は、どうしてこんな処《ところ》で迷子になっていたの？」

流歌《るか》が働いているカフヱは帝都でも中心部にある。

買い物帰りならば、ほとんど反対方向に歩いていたことになる。

「わたしにもわからないんですけど、気がついたら迷子になってたんです。帝都って、狭いくせに道が迷路みたいに入り組んでて厭《いや》になっちゃいます」

それには未來《みく》もうなずいた。錬《れん》たちと一緒だからまだいいようなものの、彼らがいなかったら未來《みく》もとっくに迷子の仲間入りだった。

特にこの『砦《とりで》』の内側は複雑で、増築に次ぐ増築で、建物を何層にも無秩序に積み重ねた迷路のような造りになっている。

「高い処から街を見渡せば、帰り道がわかるんじゃないかと思って、それで砦に向かって歩いていたんです。でも考えてみたらわたし、高い処《ところ》って苦手で」

流歌《るか》は砦《とりで》を見上げ、自分の頭をこつんと軽くたたいた。

「せっかくここまで来たんだし、上から街を見渡してみる？　僕、いい場所を知ってるんだ」

流歌《るか》の話を聞いていなかったのか、名案とばかりに錬《れん》が云《い》った。すぐさま未來《みく》が制止する。

「もう寄道は駄目よ。ボクたちは九条《くじよう》先輩を捜さないといけないんだから」

「もちろん、街を見渡しながら九条《くじよう》先輩も捜すんだよ。鈴《りん》だって、その方がきっと早く見つけられるだろうし」

「本当かなあ……」

未來《みく》は疑いの眼差《まなざ》しを双子の姉弟《きようだい》に向ける。鈴《りん》と錬《れん》は同時に顔をサッとそらした。

また別の駄菓子屋を探すだけのような気がしてならない。

「未來《みく》さんたち、どなたかをお捜しなんですか？」

訊《たず》ねる流歌《るか》に、未來《みく》は行方不明になった女學生《じよがくせい》の話を聞かせた。

「じゃあ、あの洋巾《ハンカチ》の持ち主が……はぁ、それは心配ですよね」

期待していたわけではなかったが、やはり流歌《るか》は何も知らないようだ。

となると、やはり頼りになるのは、まだ特訓中の鈴《りん》の『探索能力』しかない。

——かなり頼りないけれど。

「……わかったわ。錬《れん》、そこに案内して」

未來《みく》は少しだけ思案した後、決断した。それしか方法はなさそうだった。

第六場

駄菓子屋横の街側に面した扉を開けると、複雑に入り組んだ非常階段があった。

未來《みく》たちは非常階段を上り、処々錆《さび》色に朽ちたむき出しの鉄骨のひとつに腰を下ろす。

流歌《るか》は何度も下を見ては「ひっ」と短い悲鳴を上げて、未來《みく》にしがみつく。

「どうしてわたしまで付いてきてしまったんでしょう……」

足元は椅子代わりの鉄骨のみ。目もくらむほどずっと下に帝都の街並みが見える。

その時、いきなり大きな汽笛の音が周辺に響き渡った。

流歌《るか》はビクッと背中を丸めながら耳を塞《ふさ》ぐ。

「今の音は帝都鉄道だよ。砦の周りには、月に向かう蒸氣《じょうき》機関車が走ってるんだ」

「て、帝都鉄道⁉　月⁉」

未來《みく》は目を丸くした。何かの冗談かと思ったが、

「ほらあそこ、見てください、未來《みく》さん！」

流歌《るか》が指差す空へと、未來《みく》は視線を上げて目を見張った。


――蒸氣機関車が飛んでる‼

未來《みく》は思わず口をぽかんと開けて空を飛ぶ蒸氣《じょうき》機関車を眺めた。

「蒸氣機関車が……そっ、空を……」

「何をそんなに興奮してるのさ、未來《みく》姉。そりゃ飛ぶよ。蒸氣機関車なんだから」

当然のように錬《れん》が云《い》う。

「未來《みく》さん、ご存じなかったんですか？ 有名ですよ、帝都鉄道」

二人にそう云われても、どうにも未來《みく》には、ピンと来ない。

それまで物語の中でしか見たことがなかった現象を目《ま》の当《あ》たりにして、しばし呆気《あっけ》にとられたように、未來《みく》は空を見上げていた。

やがて空を飛ぶ蒸氣機関車が空の彼方へ消えていくと、未來《みく》はぽつりとつぶやいた。

「すごい。ボクも乗ってみたい」

「え、あんなの乗るもんじゃないですよ。怖いですよ。高いですよ」

流歌《るか》がおすすめできませんといった感じで首をぶんぶんと横に振った。まるで、乗ったことがあるような口ぶりだ。

そこへ。

〈――影憑《かげつき》〉

突如、鈴《りん》の文化人形が口を開いた。

「ど、どこに？　鈴《りん》⁉」

未來《みく》と錬《れん》は、同時に振り返って鈴《りん》の顔を見る。

すると、文化人形が鈴《りん》の手を離れて自力で歩き始めた。

鈴《りん》も、とことこと、その文化人形を追うように無言で歩き始める。

「な、何があったんですか⁉　あと、どうして人形がひとりでに歩いているんです⁉」

一人だけ事情を知らない流歌《るか》が、慌てて未來《みく》にすがり付いて説明を求める。

未來《みく》ですら完全に事情を把握しているとは云いがたい。


――むしろボクの方こそ説明が欲しい‼


「流歌《るか》さん、詳しい説明はまた後で！　ボクたちが捜してる人が、すぐ近くにいるかもしれないの。後で必ず迎えに来ます。流歌《るか》さんは、危険だからここで待っていてください」

「嗚呼《ああ》、未來《みく》さん！　ここも危ないと思うんですけど～！」

怖々《こわごわ》と鉄骨にしがみついている流歌《るか》を置き去りにして、未來《みく》たちは先ほど出て来たばかりの扉からもう一度、砦の中へと戻る。

もし本当に影憑が現れたのならば、流歌《るか》には砦の外側にいてもらった方が少しは安全だろう。

先に扉から砦の中に入っていた錬《れん》が唐突に叫んだ。

「未來姉《みくねえ》！　あれ見て！」

未來《みく》は息を吞《の》んだ。錬《れん》が指差す夕闇の中、帝都桜京學院《おうきょうがくいん》の制服に、京紫《きょうむらさき》のリボンに長い髪。行方不明だった九条蘭《くじょうらん》だ。

鈴《りん》の能力は本物だった。しかし、もう一人、漆黒に染まる異形の『何か』がいる。

「影憑《かげつき》だ！」

「か、影憑⁉　あれが⁉」

影憑と呼ばれた、まさしく黒い影のような得体の知れない化けものが、未來《みく》たちの見ている目の前で、九条《くじょう》の白い首筋に嚙《か》み付いた。

その瞬間、彼女の軀《からだ》がびくりと跳ねて、恍惚《こうこつ》を帯びた吐息が漏れる。

「いけない、早く九条《くじょう》先輩を助けないと！　影憑に取り込まれたら、人間は——」

錬《れん》が云《い》い終わらぬうちに、九条《くじょう》の軀が徐々に影色に塗り潰されていく。

「やめろ！」

錬《れん》は鋭く叫び、九条《くじょう》の軀に取り憑《つ》く影を追おうとして、次の瞬間、ビクッと足を止めた。

「‼」

九条《くじょう》が、変わり果てた姿で、こちらを見ていた。

ぽっかりと穴が開いたような、その目からは、どす黒い液体がぼたぼたと流れ落ち、まるで黒い涙を流して助けを求めているようにも見える。

恐《おそ》ろしい姿の化けものを前に茫然《ぼうぜん》と立ちすくむ未來《みく》を護《まも》るように、錬《れん》が前に飛び出す。

「一足遅かったか！　出《い》でよ、弐扇《にせん》‼」

　錬《れん》が左右の腕を交差した瞬間、黄金色の閃光が走る。直後、二柄《へい》の扇《おうぎ》が少年の手中に現れた。

　間髪を容《い》れず、九条《くじょう》に取り憑《つ》いた影憑《かげつき》に向かって、錬《れん》は神速で特攻をかける。

「その人から離れろ、影憑め‼」

　黒い化けものへと跳躍すると、敵に向けて扇を振りかぶる。

　だが、錬《れん》が敵を斬り付けるのと同時に、その小さな軀《からだ》は無数に伸びた黒い影に弾き飛ばされ、地面にたたき付けられるようにして転がった。

「錬《れん》⁉」

　弟の名を呼びながら、無意識のうちに未來《みく》は駆け出していた。

　かばうように影憑との間に割って入り、壊れた人形のように動かない錬《れん》を慌てて抱き起こす。

「錬《れん》、大丈夫⁉　し、しっかりして！」

　酷い怪我だった。錬《れん》の軀は無数の裂傷を受け、その傷口からは鮮血が滲《にじ》んでいた。

　しかし、歯を喰《く》い縛って傷の痛みに耐えながら、錬《れん》は強がってみせる。

「こ、こんなのへっちゃらだよ！　僕は神憑《かみつき》だからこんな傷すぐ治る！」

　しかしこのままでは、千本桜《せんぼんざくら》の袂《たもと》で忍者に襲われた時の再現だ。

　──ボクがどんなことをしても、弟と妹を、そして九条《くじょう》先輩を助ける！

未來《みく》は影憑をキッと見据えた。

「教えて、錬《れん》！　ボクも神憑《かみつき》なんでしょ？　どうしたら戦えるの⁉」

錬《れん》は上体を起こして、よろよろと立ち上がった。

「影憑を祓《はら》う神器《しんき》だよ。神器は影憑を祓うこともやっつけることも出来る最強の武器なんだ」

未來《みく》は立ち上がり、自分の周りを見渡した。

「神器って⁉　そんなのボク、どこにも持ってないよ⁉」

「海斗《かいと》兄に聞いたことがある。未來《みく》姉に憑いてる桜神《さくらがみ》は、代々『桜大幣《さくらおおぬさ》』って神器で悪しき影を祓うことが出来るんだって」

「桜大幣……？」

「言霊《ことだま》を乗せて桜大幣って叫ぶんだ！　頑張って！　未來《みく》姉なら必ずできるよ！」

とまどう未來《みく》をよそに、錬《れん》は魔法少女のアニメか何かに出てくる、マスコット的な生物が云《い》うような説明をした。

だがここまで来たら、もう引き下がるわけにもいかない。錬《れん》の言葉を信じて未來《みく》は構える。

「わ、わかった！　本当はよくわかってないけど、やってみる！」

未來《みく》は神に祈るように右手を天に掲げ、力の限り大きな声で叫んだ。

「桜大幣あああああああああぁぁぁぁぁぁぁぁ――――っ‼」

……………………………な、何も起きない⁉

──やっぱり、いきなりそんな魔法少女みたいなことが出来るはずがない！

だが未來《みく》はあきらめるわけにはいかなかった。恐怖と気恥ずかしさと、色々な感情が入り交じった極限状態の中、未來《みく》は空に掲げる腕をさらにもう一本増やすと、瞳を閉じ神に祈った。

「さ、さくらあぁっ……」

再び神器《しんき》の名を声を振り絞って叫びかけたその時──。

「鈴《りん》、危ない‼」

錬《れん》の悲鳴が上がった。影憑《かげつき》は万歳している未來《みく》を素通りし、鈴《りん》に向かって突進する。

「鈴《りん》っ！」

咄嗟《とっさ》に未來《みく》は疾走。自分が常人を遥《はる》かに超える速度で数メートルの距離を一瞬で移動したことにも気づかず、そのまま体当たりするように鈴《りん》を抱きしめて、ごろごろと地面を転がる。

その拍子に、鈴《りん》の袖の袂《たもと》から光り輝く蝶々《ちょうちょう》が何匹も飛び立った。

「え、何⁉　鈴《りん》の振袖の中から、蝶々がっ⁉」

「未來《みく》姉、それは蝶々じゃないよ。『蛾《が》』だよ！」

「蛾⁉」

思わず鈴《りん》から離れようとした。しかしどういうわけか、鈴《りん》と一緒に地面に転がったまま軀《からだ》が全く動かない。

「鈴《りん》は危険を感じると毒の『蛾』を出すんだ。それが鈴《りん》の『神器《しんき》』の一つなんだよ。鈴《りん》の蛾の鱗粉《りんぷん》に触れると、軀が麻痺《まひ》しちゃうんだ。すぐに鈴《りん》から離れて！」

「それを先に云《い》って!!」

すでに未來《みく》は、鈴《りん》の蛾が撒《ま》き散らす鱗粉をたっぷりとその全身に浴びている。

——軀が痺《しび》れる！　ち、力が入らない……。動けない！

「未來《みく》姉、逃げて！」

恰好《かっこう》の獲物だと思ったのか、影憑は動けなくなった未來《みく》に標的を変える。

錬《れん》は神器である扇《おうぎ》を両手に握ると、負傷した軀を引きずって影憑と未來《みく》たちとの間に入ろうとする。しかし、間に合わない。

——海斗《かいと》兄様!!

思わず未來《みく》は胸中で叫ぶ。

「未來《みく》!!」

その瞬間、目の前で銀光が閃く。

わずかに先んじ、影憑を一刀両断したのは、まぎれもなく海斗《かいと》の軍刀だった。

影憑《かげつき》は氷の彫刻のように凍りついたかと思うと、次の瞬間に四散する。

人の形を取り戻した九条《くじよう》が、花がしおれるように静かにその場に倒れ込む。

影憑を斬った軍刀を鞘《さや》に収めながら海斗《かいと》は未來《みく》に確認する。

「間一髪、間に合ったな。これがお前の學院《がくいん》で行方不明になっていた女學生《じよがくせい》か？」

「は、はい。でも海斗《かいと》兄様……どうしてここに」

動けない未來《みく》は、海斗《かいと》に抱き上げられながら訊《たず》ねた。

「鳴子《めいこ》から報告を受けて急いで駆けつけた」

見れば、鳴子《めいこ》は、倒れている九条蘭《くじようらん》の傍《そば》に片膝を突き、彼女の軀《からだ》を確認している。

「九条《くじよう》先輩は、死んで……しまったの？」

影憑に取り憑《つ》かれた九条蘭《くじようらん》に海斗《かいと》が斬りつけた瞬間を、未來《みく》はその目ではっきりと見ていた。

恐る恐る訊ねる未來《みく》に、鳴子《めいこ》は微笑する。

「海斗《かいと》の『雪清《せっせい》』は、貴方《あなた》の『桜大幣《さくらおおぬさ》』と同じく、魔だけを祓《はら》うわ。安心して。この女學生は
かなり衰弱しているけれど、命に別状はないから」

「本当に？」

「俺たちがお前に嘘を云《い》ってどうする」

「う、うん、ごめんなさい」

未來《みく》は、自分が全く役に立たなかったことを悔やむように、うつむいた。

「お前たちが無事ならばそれでいい」

海斗《かいと》は麻痺《まひ》した未來《みく》を抱きかかえたまま、珍しく優しげな声で慰めるように云う。

「そうだよ。みんな無事で良かったよ、未來《みく》姉！」

錬《れん》が笑うその横には、鈴《りん》が人形を抱いて立っていた。

鈴《りん》も一緒に蛾《が》の鱗粉《りんぷん》を浴びたはずなのに、いつも通りの顔をしている。

——ボクだけ痺《しび》れて動けないなんてずるい……。

第七場

屋敷に戻った後、夜中になってようやく未來《みく》は動けるようになった。

寝台から起きると、西洋提灯《ランタン》を手に、浴室へと向かう。

今日は學院に軍の任務にと大忙しの一日だった。授業中、裁縫がうまくできなかったけれどなんとかやり過ごせたし、行方不明になっていた九条蘭《くじょうらん》も見つけることができた。

影蟲《かげむし》に取り憑《つ》かれて影憑になりそうになった九条《くじょう》先輩はかなり衰弱していたが、軍の病院でしばらく手当てが必要なものの、命に別状はないとのことだった。

もちろん、未來《みく》は自分が役に立てたとは思っていないが、それでも、結果的に兄たちのおかげで先輩を助けられ、最悪の事態は免れることができた。

怪我《けが》をした錬《れん》も、皆で帰る頃にはすっかり元気になっていて、帰りがけにまた駄菓子屋に寄りたいと駄々をこねたほどだった。

未來《みく》は熱い湯船に肩まで浸かって、今日一日の疲れを取る。

目をつぶると、遠くの空から汽笛の音が聞こえてきた。

こんな夜遅くにも、帝都鉄道は月へ向かって飛んでいくらしい。

帝都鉄道……砦《とりで》の線路から月へと飛び立つ、蒸氣《じょうき》機関車。


——あれ？


何か大切なことを忘れているような気がする……。

未來《みく》は、ハッとして湯船から立ち上がった。

「あっ。砦に流歌《るか》さん、置いてきちゃった!!」

参幕

幻想鹿鳴館

――げんそうろくめいかん――

第一場

帝都の街に一五時を告げる桜京《おうきょう》駅時計台の鐘の音が響き渡る。

未來《みく》は兄である海斗《かいと》との待ち合わせ場所、帝都の中央に在《あ》る神域、御神木《ごしんぼく》である千本桜《せんぼんざくら》へと息を切らせながら向かっていた。

二つ目の鐘で、水堀に架かる太鼓橋、深紅に染まる千本鳥居が見えてくる。

陽光と桜の花片《はなびら》が、鳥居の隙間《すきま》から絶え間なく零《こぼ》れる。

延々と続く紅《あか》の迷宮に、時折、心を奪われそうになりつつも、未來《みく》は千本鳥居の下を疾風《しっぷう》のごとく駆けていく。

千本鳥居を抜けると、それまで紅一色だった世界が一気に桜色へと塗り替わる。

時計台の鐘が最後の音を鳴らした。

「兄様！」

千本桜の袂《たもと》。

降りしきる桜吹雪の中にたたずんだ青藍の人影が、軍帽の徽章《きしょう》と同じ吹雪紋の入った袖《そで》を翻《ひるがえ》し振り返る。空とも海とも思わせる爽《さわ》やかな蒼《あお》い瞳が未來《みく》をとらえた。

「遅刻だな」

「ええ――――っ!?　一五時、丁度です！　兄様。間に合いました！」

未來《みく》は、携帯している懐中時計の蓋《ふた》を開けて、海斗《かいと》に文字盤を見せる。

「一秒たりとも遅れれば、遅刻は遅刻！　帝國軍人《ていこくぐんじん》ならば云《い》い訳はするな！　さあ、早速、特訓開始だ！」

「は、はい……兄様……」

未來《みく》はげんなりうつむきながら、ひそかに嘆息《たんそく》した。

せっかくの桜の木の下。つい、お花見と洒落込《しゃれこ》みたくなるような景観を前にしながらも、兄の唇はへの字を描いたまま、今日も機嫌が良いとは思えない。

「未來《みく》！」

「はい、兄様」

「隊務中はいかに家族であろうと俺を『兄』と呼んではいかん！　『隊長』か、もしくは『准佐《じゅんさ》』と呼べ。そういつも云っているだろう」

「はぁい。もしくは准佐」

「『もしくは』は不要だ。それに、返事はもっと短くしろ」

「はっ、海斗《かいと》准佐！」

未來《みく》は軍靴の踵《かかと》を揃え、勇ましく敬礼してみせた。

海斗《かいと》は未來《みく》の所属する神憑《かみつき》特殊桜小隊の隊長、未來《みく》の上官だ。

隊務中は何を云われても何をされても逆らえない。

それが軍という組織の『しきたり』だ。

今から数日前。

未來《みく》は、學院《がくいん》の先輩である九条蘭《くじようらん》という女學生《じよがくせい》を助けることが出来なかった。

ろくに戦うことすら出来ず、ただ海斗《かいと》に助けられただけだ。

あの事件の後、その後悔の念をいつまでも引きずる未來《みく》を見かねて、兄である海斗《かいと》は、妹を一から鍛え直すと宣言した。今の未來《みく》を、以前の完璧な初音未來《はつねみく》に戻すために。

しかし。

「前のボクならいざ知らず、今のボクにいくら特訓したって、完璧なボクになるのなんて無理です……」

「ははは、何を弱気な！　未だ記憶が混乱しているとはいえ、お前は俺の育てた芸術品だぞ？　はっきり云《い》って、お前は無敵だ」


――芸術品って……。


自信たっぷりに云う海斗《かいと》とは裏腹に、未來《みく》はがっくりと項垂《うなだ》れた。

「お前が、記憶を取り戻すのをもう少し待つつもりだったが、九条蘭《くじようらん》を襲った影憑《かげつき》の正体が未だに判明していない以上、そんな悠長なことは云っていられない。だが、案ずるな、心配は無用だ」

「本当に？」

「この兄を信じろ。俺がお前を必ず短期間で、以前の文武両道の軍人に鍛え直してやる」

——どうしよう。兄は今日もやる気満々だ。

「いいか、未來《みく》。神器《しんき》とは帝都の平和をおびやかす『影憑』を倒すための唯一の武器だ。祓《はらえ》詞《ことば》に言霊《ことだま》を込めて、体内に宿る力を神器として具現化する。影憑に対抗する神憑《かみつき》特殊桜小隊に所属するお前が、そのための武器を、いつまでも顕現《けんげん》出来ないのでは、話にならない」

未來《みく》は海斗《かいと》の言葉を手帳《てちょう》に書き写す手を止め嘆いた。

「ちょっと、ちょっと待って、兄様、難しい漢字がいっぱいで書き切れません！」

「准佐《じゅんさ》だ」

「准佐……」

「特にお前の軀《からだ》に宿る桜神《さくらがみ》は、神憑の中でも最強の神器——『桜大幣《さくらおおぬさ》』を顕現させる能力を持っている。使いこなせるようになるまで、この特訓は終わらないものと思え」

それは困る。最近、錬《れん》たちと遊ぶ時間が激減しているのだ。

その分、兄といる時間が増えたが、その兄は、御覧の有様だ。

「お言葉ですが准佐。普通の人間が、神器を出すなんて無理です……」

「確かに以前の完璧なお前ですら、神器を出すことはかなわなかった。だが、案ずるな。神憑ならば誰でも出来ることだ」

「えっ⁉　前の完璧なボクでも、桜大幣《さくらおおぬさ》は出せなかったんですか⁉」

――そういえば生徒手牒《てちょう》にも、そう書いてあった気がする。

あんまり錬《れん》も兄様も、デキルデキルとボクを持ち上げるものだから、練習すればそのうちポロッと出るかもなんて、危うく思い込むところだった。

「術のようなものととらえればいい。一度でもその要領さえつかんでしまえば、頭で考えるまでもなく神器《しんき》は扱えるようになる。あの幼い錬《れん》や鈴《りん》でさえも、影憑《かげつき》を祓《はら》って人間に戻すことはできないが、神器で戦うくらいはできる」

「影憑を人間に戻せるの？」

「お前の『桜大幣』ならば可能だ。元々、大幣というのは『祓い棒』、つまり、お前の神器は退魔が専門だ。俺の軍刀『雪清《せっせい》』は武器としての能力は高いが、退魔としては、お前の大幣には劣る。いいか、そもそも神憑《かみつき》にとって……」

海斗《かいと》は未來《みく》の神器がいかに素晴らしいかを滔々《とうとう》と説明するが、未來《みく》には、何度説明されても海斗《かいと》の話の半分も理解できなかった。

とにかく、神器が使えなければ、神憑特殊桜小隊の一員として自分が役に立たないということだけは、かろうじて理解できる程度だ。

第一、その桜大幣とやらを、未來《みく》は見たことも無ければ触ったことも無いのだ。だからそれがどんなモノなのか、いまひとつイメージが湧いてこない。

しかも神器は個人個人で形状も能力も違い、憑《つ》かれた神によって異なるという。

「では今日も俺が神器を出すところを見せる。お前はそこでよく見ていろ」

「は、はい！」

海斗《かいと》はおもむろに前方に右手をかざした。

「雪清《せっせい》‼」

急に周囲の気温が低下し、舞い散る桜の花片《はなびら》の中に純白の『雪』が交ざる。

海斗《かいと》がかざした掌《てのひら》に光の粒子が結集し、蒼《あお》く光る円陣を描いて拡散した瞬間、彼の手中に神器が出現した。


パチパチパチパチ！


思わず賞賛の拍手を送る未來《みく》に、海斗《かいと》は眉間にしわを寄せる。

「どうだ、少しはわかったか？」

「少しもわかりません！」

即答した。

手順も何も無かった。

いつもながら手品としか思えない。

ただ海斗《かいと》は、軽く前方に手をかざしただけだ。

それだけで、まるで隠し芸のように、彼の神器《しんき》である『雪清《せっせい》』が現れたのだ。

そういえば、平成の兄も色々と芸達者だったことを未來《みく》は思い出す。

「次はお前の番だ。やってみせろ」

「えっ⁉」

「えっ、ではない」

「でも」

「でもではない。出来ると信じろ！　さあ、やってみせろ」

有無を云《い》わさぬ海斗《かいと》の気迫に圧《お》され、未來《みく》は渋々、先ほどの彼の構えを真似《まね》る。

半身に構え、前方にかざした自分の手を見つめる。

「さ、桜大幣《さくらおおぬさ》！」

出ない。

もう一度叫んでみる。

「桜大幣っ‼」

出ない。

ちらりと兄の様子をうかがう。

海斗《かいと》は腕を組み、真剣な表情で未來《みく》の顔を見つめている。

「出来ません、兄様！」

「諦《あきら》めるのが早い！　気を散らさず、精神を落ち着かせて一点に意識を集中しろ。大丈夫だ、お前は俺が育てた退魔の天才だ。あと、何度も云わせるな、准佐《じゅんさ》だ」

「了解、准佐！」

しかし……。

何度やっても出来ないものは出来なかった。

繰り返し神器の名を呼ぶが、わずかな手応《てごた》えすら感じ取れない。

未來《みく》が叫び疲れて、喉がからからに渇いてきたところで海斗《かいと》が止めた。

「なぜお前は神憑でありながら、神器を未だ出すことが出来ないのかわかるか？」

「ボクが平成人だから？」

「ヘイセイジン……嗚呼《ああ》、また俺の未來《みく》が、訳の解らないことを云《い》い始めた……」

海斗《かいと》はがっくりと両手と膝を地面に突くと、まるで亀のようにうずくまってしまった。

いけない。これは禁句だった。

でも嘘はついていない。未來《みく》はきゅっと唇を噛《か》みしめる。

――きっとボクが、神憑じゃないから……。

未來《みく》の胸の内に浮かんだ言葉を、まるで遮《さえぎ》るように、空風に木々がざわめき、千本神社の境内一面に千本桜《せんぼんざくら》の花片《はなびら》が舞った。

「――そらあり得まへんえ」

降りしきる桜吹雪の中、白無紋《しろむもん》の浄衣《じょうえ》に身を包んだ人影が露先を揺るがせながら姿を見せる。

「……宮司様《ぐうじ》」

いつの間に復活したのか、いつもの軍人然とした海斗《かいと》が宮司の前に片膝を突き頭《こうべ》を垂れる。

未來《みく》も兄に倣《なら》って慌てて頭を下げた。

「まずはおめでとうさんどす、初音《はつね》はん。あんじょう神憑《かみつき》特殊桜小隊に入隊さらはりました。これであんさんの希望通り、御國《おくに》んために働けますえ」

「は、はい、その節はありがとうございます」

どの節を指すのか、見当がつかなかったが、未來《みく》は取りあえずぺこりとお辞儀した。

「噂は聞きましたえ……なんでもあんさんは入隊早々、大怪我《けが》を負わはったとか……えらいことどしたなあ」

「は、はい……」

どこまでをどう話していいものか困惑していると、海斗《かいと》が横から助け船を出す。

「宮司様こそ、そのお軀《からだ》でこんなところまでお出《い》でになっては……」

「いえ、最近はちびっとばかりこの辺りを歩けるようにまでなったんどす。伏せってばかりではあかんと、先日巫女たちに叱られてしまいました」

海斗《かいと》が苦笑すると、宮司の顔全体を覆った護符の奥から清らかな笑い声が漏れる。未來《みく》は上目遣いにその中の様子をうかがった。無論未來《みく》はこの宮司とは初対面だったが、護符の印やその中が気になって、つい凝視してしまう。

視線に気づいたのか、宮司は未來《みく》へ、とつと歩を進めその眼前に立ち、凛《りん》とした声で告げた。

「先ほど、あんさんは嘆いてはられましたが、あんさんはうちとはちゃう。神の恩恵を受けし『神憑』その人どす」

兄が隣でうなずくも未來《みく》は頭を横に振り、宮司を見上げて愁訴《しゅうそ》する。

「でも、どうしても神器《しんき》が出せないんです……それにボク……」

「うちが認めた以上、万に一つも間違いはおへん。あんさんには初音《はつね》家に代々伝わる『桜神《さくらがみ》』が憑《つ》いていますえ。神器が出せへんのは、あんさんの心の問題。ご自分の力を信じとくれやす。うちは同じ公家《くげ》一族として、初音《はつね》家の血筋であるあんさんには期待しとるんどすえ」

「……はい」

未來《みく》は曖昧《あいまい》にうなずくしかなかった。

期待してくれるのは素直にうれしかったが、現状では何も出来ないのでどうにも返答に困る。自信喪失中の未來《みく》は、自分がずっとこの先も、役立たずのままなのではないかと思えて、不安でしかたがない。

「ところで、海斗《かいと》准佐《じゅんさ》」

「はっ」

「今まであんさんに請け負って頂いとった儀式……神無月《かんなづき》の神楽舞《かぐらまい》を、次から初音《はつね》はんに頼みたいんどすけど」

「未來《みく》に神楽舞を？」

「准佐《じゅんさ》に唄《うた》を、初音《はつね》はんに舞を、それぞれお願いしたいんどす。この世に影が増え、世界全体が脅かされとる今、せめて神に捧げる神事は絶やすことなく続けていきたいんどす。あんさんの神楽舞、期待していますえ」

「えっ、あ、はい！」

自分の意思とは関係無く話が進んでしまったが、未來《みく》は慌てて返事をした。

立ち去る宮司の背中を見送ってから、未來《みく》は海斗《かいと》を振り返る。

「ボクにそんな大役が務まるかなぁ……」

「そう心配することはない。神楽舞なら俺が手取り足取り特訓してやる。なに、神憑《かみつき》なら出せて当然の神器《しんき》の出し方を教えるよりはたやすいことだ」

蒼白《そうはく》な顔で固まっている未來《みく》の頭を撫で、海斗《かいと》は苦笑した。

第二場

赤茶けた帝都煉瓦《れんが》街。行き交う人々や乗り物でごった返す喧噪《けんそう》の中を、長春《ちょうしゅん》地に桜紋を染め抜いた袖を翻《ひるがえ》して、泳ぐように未來《みく》は歩を進める。

本日の特訓は時間切れで終了。

結局、未來《みく》は今日も『桜大幣《さくらおおぬさ》』を出せない残念な結果で終わった。

海斗《かいと》と未來《みく》はその場で別れ、帝都の見廻《みまわ》りへとそれぞれ出かけることとなった。

帝都商店街を一人で巡回していると、いきなり目の前に、焼き上がったばかりの香ばしい焼もろこしが、ひょいっと現れた。

「見廻りご苦労様、未來《みく》ちゃん」

満面の笑みを向け、未來《みく》に焼もろこしを差し出しているのは、商店街の一角にある『焼屋』の名物女将《おかみ》だ。頼めばなんでも焼いてくれるそうで、その手の客には有名な店らしい。

「焼屋のおばさん！　こんにちは」

挨拶を返し、差し出された売り物の焼もろこしを受け取るのを躊躇《ちゅうちょ》していると、焼屋の女将は、いいからと未來《みく》の手を取り焼もろこしを握らせる。

「今日も友達と遊ぶのも我慢して見廻りかい？　かわいそうにねぇ。帝都をいつも護《まも》ってくれてありがとうね」

思いやりにあふれる言葉に、未來《みく》は首を横に振った。

「あんたと同じ桜京學院《おうきょうがくいん》の子たちがここら辺りの雑貨屋で油売ってるのをよく見かけるよ。あんただってたまにはのぞいてくりゃいいのに」

そう云《い》ってこの先にある雑貨屋の並びを指さすと、女将《おかみ》は未來《みく》の肩をぽんっとたたき促した。

「しかめっ面して見廻《みまわ》るお務めもそりゃあ大事だけどね……うまい息抜きの仕方もそろそろ覚えるといい。生きていくのがずっと楽になる」

未來《みく》はうなずくと、女将ご自慢の焼もろこしをかじった。とうもろこし本来の優しい甘みと、香ばしい醬油《しょうゆ》が口いっぱいに広がり、未來《みく》は自然と笑みがこぼれる。

「人生酸《す》いも甘いもって云うだろ。酸っぱいだけの人生じゃつまらないじゃないか。たまには甘い時間を過ごしてこそ、人生も味や深みが出るってもんさ」

大口を開けて笑いながら店に引っ込んでいく女将に手を振ると、未來《みく》は息抜きにと勧められた雑貨屋通りへと視線を移す。

あか抜けた店が軒を連ねた狭い裏路地を、書生や上品そうな女學生《じょがくせい》たちが楽しげに行き交い、モガやモボと覚《おぼ》しき洒落《しゃれ》た出で立ちの店員が店を出入りしている。

未來《みく》は焼もろこしをかじりながら、路地の突き当たりにひっそりとたたずむ店の看板に興味を引かれて駆け寄った。

――『乙女百華堂《おとめひゃっかどう》』。

見ているこちらが赤面してしまいそうになる店名だ。

未來《みく》は興味津々《しんしん》で、外から店内の様子をうかがう。

店先の硝子《ガラス》張りの陳列棚に目を凝らすと、処狭《ところせま》しと並べられた可愛《かわい》らしい小物たちが、柔らかな陽射《ひざ》しを受け、キラキラと瞬《またた》きながら未來《みく》を出迎えてくれた。

ギヤマン細工に、びいどろのおはじき、ちりめんのお手玉や鼈甲《べっこう》の櫛《くし》。色も形も様々だが慎ましく古めかしい小物たちはどこか懐かしく、遠い思い出を蘇《よみがえ》らせるような不思議な輝きを放っている。

陳列棚の硝子にそっと手を添え、目の前にちりばめられた愛らしい商品の一つ一つに、未來《みく》は乙女の眼差《まなざ》しで、しばらくうっとりと魅入っていた。

ふと、硝子の表面に見覚えのある姿が映り込む。

――純白の前掛、半色《はした》の袖《そで》には紅葉《もみじ》の模様、紫ぼかしの袴《はかま》とリボン、加えてあの撫子《なでしこ》色の長い髪は……。

「初めて体験入信する方には、初回特典付きで～す！　宜《よろ》しくお願いしま～す」

「流歌《るか》さん？」

「え？」

流歌《るか》は未來《みく》の姿に気づくと、ぱあっとお日様が当たったように顔を綻《ほころ》ばせて、未來《みく》の元へと小走りに駆け寄ってくる。

「こんな処《ところ》で奇遇ですね。未來《みく》さんは見廻《みまわ》りですか？　お務めご苦労様です」

「ほんとに奇遇。でも流歌《るか》さん、みるくほうるカフェはどうしたの？」

「今日は少しお暇を頂いて、引札《ひきふだ》配りの御手伝いをしているんです」

未來《みく》に問われると、流歌《るか》は待ってましたとばかりにうきうきとした様子で、抱えた引札の束の中から一枚取り出して未來《みく》に差し出した。

「未來《みく》さんもどうぞ！」

未來《みく》は勧められるままに受け取ると、引札に視線を落とす。そこには、赤縁黒太字の怪しげな書体で大きく『御影様《おかげさま》教団　ただいま信者大募集！』と書かれていた。

「えー……っと。みかげ……？」

「そこは『おかげさま』って読むんですよっ」

にこにこしながら、流歌《るか》が教えてくれる。

「おかげさま……教団？」

「この世のあらゆること、全ての人や物に、『おかげさま！』と云《い》って感謝し合うとっても素敵な教団なんです。街のご奉仕活動も、とっても盛んらしいですよ。わたしも、この間、教団の信者の方に助けて頂きましたし」

「この間？」

「未來《みく》さんたちに砦《とりで》に置き去りにされたときです……」

流歌《るか》は視線を背け、すねるように云った。未來《みく》は慌てて深々と頭を下げる。

「御免なさい、忘れていたんじゃないの！　ただ、なかなか思い出せなかっただけで‼」

「ふふ、別に怒ってませんよ。そりゃあ、置き去りにされたときには茫然《ぼうぜん》としましたけど、そのおかげで、御影様教団という素敵な教団と出会えたんですから」

流歌《るか》は目をキラキラ輝かせて、引札の謳《うた》い文句を朗読してみせた。

「どなたもこなたもおかげさま♪　この世に生まれておかげさま♪　ご奉仕活動おかげさま♪　感謝の気持ちをおかげさま♪　ね？　素敵な唄《うた》でしょう？」

「う、うーん……？」

微妙な歌だった。

歌っている本人が楽しげなのが、唯一の救いかもしれない。

「しかもココ見てください。ココです！」

流歌《るか》は引札の中の一点をとんとんと指でたたいて、真剣な眼差《まなざ》しで未來《みく》に訴える。

「今ならこの御影様教団に入信すると『初回特典』と、先着一〇〇万名様には『限定版』も送られてくるんです！　さらに今なら同じモノがもう一個！」

これはお買い得だとばかりに、流歌《るか》は引札の売り文句を尚も読み上げる。

「しかも送料無料なんですよ‼」

あまりの迫力に絶句している未來《みく》に、流歌《るか》はここぞとばかりにだめ押しする。

しかし、初回特典だとか限定版という文字は確かに書いてあるが、肝心の商品説明は引札《ひきふだ》には一切書かれていない。送料無料で同じモノをもう一個送ってくるようだが、いったい何が送られてくるのだろう？

「わたし、この引札を見てそれは深く感動したんです。胸のこの辺り、魂っていうんでしょうか？　すごくココが震えちゃって……」

流歌《るか》は未來《みく》がうらやましくなるほどの大きな胸に手を置き、恍惚《こうこつ》とした表情で云《い》う。

「どうですか、試しに未來《みく》さんも入信してみましょうよ。きっと楽しいですよ！」

「もしかして流歌《るか》さん……もう入信しちゃったとか？」

「いえ、まだ体験入信なんです。でも体験入信でも特典はもらえますよ。ほら見てください。これが『初回特典』です！」

首から下げられたリボンの先に燦然《さんぜん》と輝くそれを、流歌《るか》は得意げに見せる。

未來《みく》は表裏と返しながらまじまじと観察する。

どこから見ても、銀と黒の折り紙で作られただけの、ただのワッペンだ。

「これ……が？」

「はい。世界に一つしか無い、手作りのお守りだそうです！」

「今なら同じモノをもう一個っていう特典がこれ？」

「はいっ！」

流歌《るか》はうれしそうにエプロンをまくると、袴《はかま》に付けた根付けからぶら下がっている銀と黒のワッペンを指さした。

世界に一つしか無いお守りを、『もう一個』……。

——これ、単にだまされているのでは？

折り紙のワッペンも『手作り』ということを考慮に入れれば、世界に一つしか無いという解釈もできなくはない。しかし、こんな子供だましのような特典や、取って付けたような胡散臭《うさんくさ》い煽《あお》り文句に、本気で踊らされて入信してしまう人がいるとは思えない。

「このワッペンを下げていると、ありとあらゆる悩みから御影様《おかげさま》が解放してくださるんです。しかも、今ならどんな願いも叶《かな》っちゃいますよ！」

——嗚呼《ああ》、目の前にいた。

完全にだまされている人が。

「未來《みく》さん、貴方《あなた》こんな処《ところ》で何をしていらっしゃるの？」

未來《みく》は、突然、背後から声を掛けられて振り向いた。

「せ、生徒会長⁉」

──帝都桜京學院《おうきょうがくいん》中等科の生徒会長、御前賀悠那《おまえがゆうな》だ。

その背後には、悠那がいつも引き連れている取り巻きの女生徒たちも一緒だった。

「未來《みく》さんのお知り合いですか？　うわあ、お綺麗な方ですね」

「うん、青音《せいね》家の裏手に住んでる御前賀悠那《おまえがゆうな》さん。桜京學院中等科女子部の生徒会長なの」

「生徒会長さんですか。すごいです！　あっ、わたし、小學校《しょうがっこう》の頃に『生き物係』ならやったことありますよ。生徒会長さんも、どうぞ。今なら同じ物がもう一個付いてきますよ」

誰とでもすぐ仲良くなってしまう流歌《るか》は、にこにこしながら生徒会長に引札《ひきふだ》を差し出した。

生徒会長はその引札を受け取ると、一瞥《いちべつ》するなり興味なさげに云《い》った。

「こんな物にだまされる人がいるなんて思えませんが」

未來《みく》と同じ感想だった。引札を取り巻き連中に見せながら、生徒会長は続けた。

「だいたい、どんな願いも必ず叶《かな》うというのが如何《いか》にも胡散臭《うさんくさ》いですわ。何を根拠にこんなでまかせを」

「で、でまかせなんかじゃないですよ。わたしもまだまだ修行中の身なので詳しくはわからないですけど、ただ信じているだけで簡単に幸せな人生が訪れるんです。どんな願いでも信じていれば『いつかは』叶うそうですよ」

「いつかは叶うって、具体的にはいつ？」

「え、えっと……あ、明日か、明後日《あさって》……くらいでしょうか？」

「それは、本当にどんな願いも叶うの？」

「はい！　仕事も恋もなんでもござれです！　お皿だって割らなくなります！」

冷め切った目で流歌《るか》の話を聞いていた生徒会長が、初めて表情を変えた。

「なんですって？」

「お皿だって割らなくなります！」

「いえ、その前よ」

「『生き物係』ならやったことあります」

「戻りすぎですわ!!　こ、こ、恋の願いが叶うというのは、本当ですのッ!?」

生徒会長は流歌《るか》につかみかからんばかりの勢いで云《い》った。

「は、はい、絶対たぶん！」


絶対、たぶん……。

どっちなのだろう。


やがて生徒会長はハッと我に返ると、ひとつ咳払《せきばら》いをしてから未來《みく》の方をちらりと見やる。

「まあ、どの道——家柄、容姿、教養、あらゆる方面に恵まれているわたくしには、縁の無い宗教ですわね」

「そうですかあ……残念です」

引札《ひきふだ》を突き返されるとばかり思っていた流歌《るか》が手を伸ばすと、生徒会長は「まあ、貴方《あなた》もお仕事でこんな引札配りなどしているのでしょうから、一応は受け取ってあげます」と云《い》って、引札を丁寧《ていねい》に四つ折りにたたみ、そそくさと自分の着物の胸元へとしまった。

「ところで、生徒会長はこれからどちらへ?」

流歌《るか》と生徒会長の話が一息ついたところで、未來《みく》が訊《たず》ねる。

「『異世幸《いせこう》』の職人に舞踏会に着ていくドレスを持ってこさせることになっているの。そのことをお話ししたら、こちらの皆さんが是非、一度見てみたいとおっしゃるものだから、今からお屋敷に戻るところなのよ」

生徒会長の取り巻きたちが一斉にうなずいた。

「舞踏会に着ていくドレス?」

「ええ。鹿鳴館《ろくめいかん》の舞踏会に着ていくドレスのことよ。そういえば未來《みく》さん貴方……舞踏会に全くお姿を見せませんけれど。どうしていらっしゃらないの? 今回はもちろんご出席なさるのでしょう?」

「あ、えっ、舞踏会? ボ、ボクが!?」

未來《みく》はとまどった。

確かに今は行きがかり上、華族のお嬢様をやってはいるが、偽者のボクなんかが舞踏会に行って大丈夫なんだろうか？

相手を伴う踊りなんて、運動会で踊ったフォークダンスが関の山だ。

「まさか、今回も来ないおつもりとか？」

「ええと……あの、その……ここのところ、任務が忙しくて……」

「まああきれた。未來《みく》さん貴方、そんなことでは『初音《はつね》家』の家督《かとく》を失ってしまいますわよ」

「……家督？」

「だって、貴方は青音《せいね》家に御厄介になっているだけで、初音《はつね》家には男子の跡継ぎがいないんですもの。女子の貴方では家督は継げないのだから、學院《がくいん》を卒業後、結婚して、入り婿《むこ》を取るか、養子でも取らぬ限り、お家が絶えてしまうじゃないの。そうならないためにも、舞踏会や夜会で、御相手の殿方を早く見つけなければ」

「でもボクは、ずっとあの家にいたいんですけど……」

つい本音が口をついて出てしまう。海斗《かいと》や鈴《りん》や錬《れん》と離れて暮らすなんて考えられない。

「あら、それは無理よ。だって未來《みく》さんは、學院を卒業するまでには御婚約するでしょうし、海斗《かいと》様もいずれ他家からお相手を見つけられて御結婚なさるのだから。名のある華族の殿方で初音《はつね》家の婿養子にと望んでいらっしゃる方は多いのよ。何しろ初音《はつね》家は公家《くげ》名門の永代華族。しかも今は跡取りの嫡男《ちゃくなん》が不在。その上、未來《みく》さんは神憑《かみつき》ですもの。お世継ぎに神憑が出ればお家安泰、こんな美味《おい》しい話に飛びつかない殿方がいる方がおかしいわ」

生徒会長の取り巻きたちが大きくうなずく中で、未來《みく》だけが首を横に振った。

「でも、ボクはまだ學生《がくせい》だし、お嫁さんになるのは早すぎ……」

「何が早いものですか!!」

生徒会長は未來《みく》の言葉を遮《さえぎ》って一喝した。

「今は御國《おくに》の一大事。産めよ増やせよの精神で、妻妾《さいしょう》制度まで復活する有様なのよ。影憑《かげつき》に対抗するためにも神憑《かみつき》の皆さんには特に早く、何がなんでも早く御結婚なさって神憑をたくさん産んで頂かなくては！」

「そ……、そんな無茶な……」

取り巻きたちは生徒会長に熱いエールと拍手を送っている。商店街へ買い物に来ていた人たちまでもが、いつの間にか聴衆と化し、もはや政治家の街頭演説のような有様になっていた。

「宜《よろ》しいですか皆さん！　わたくしたち一人一人がこの帝都の、そして御國の父や母となるのです。このまま國民《こくみん》が影憑の餌《えさ》と成り果てぬよう、子を生《な》し御國の一大事に備えましょう！」

生徒会長が何か発言する度、歓声と拍手が湧き上がる。

その声援に応《こた》えるかのように、生徒会長の話の規模も底なしに大きくなっていく。

未來《みく》は彼女たちに背を向け、その喧噪《けんそう》から逃れるように、帰宅の途についた。

確かに生徒会長の云《い》うとおりならば、初音《はつね》家の家督《かとく》とやらの話は、真剣に考えなければならないことなのかもしれない。

おそらく自分が考えているよりも、ずっと重い話に違いない。

未來《みく》は、ため息をこぼした。

生徒会長の云う『舞踏会』には、多少なりとも興味はあれど、それが結婚相手を探す場となると、途端に気後《きおく》れしてしまう。

——将来のことなんて……考えたことも無かった。

もし自分がこのまま元の世界に戻れないとしたら、どうなるんだろう？

やはりこちらで結婚するのだろうか？

「…………」

——うん。帰ったら相談してみようかな。海斗《かいと》兄様に。

第三場

帝都桜京《おうきょう》の中心地、処狭《ところせま》しとひしめき合う住宅街の一角に青音《せいね》家の屋敷が在《あ》る。

石造りの立派な洋館の門扉の両脇には、暖かな光をたたえた瓦斯《ガス》灯が、主人の帰りを待ちわびるようにゆらゆらと灯《とも》っていた。

玄関へと続く白煉瓦《しろれんが》の階段を駆け上がると、青銅の呼び板に手を掛け、ただいま帰りましたと未來《みく》は告げる。

「お帰りなさいませ。未來《みく》様」

重厚な扉が左右に開かれた先では、青音《せいね》家の総執事、そして女中たちが、いつものように未《み》來《く》を丁寧に出迎えてくれた。

「未來《みく》姉っ、お帰りーっ！」

続いて錬《れん》と鈴《りん》が、まるで未來《みく》を待っていたかのように玄関に飛び出して抱きついてくる。

「海斗《かいと》兄様は？」

脱いだ軍帽を未來《みく》付きの女中に手渡しながら、初老の執事に訊《たず》ねる。

彼は、海斗《かいと》が生まれる前から青音《せいね》家に仕えているベテランの執事だが、海斗《かいと》が『爺《じい》』と呼ぶので、未來《みく》や錬《れん》たちも親しみを込めてそう呼んでいた。

「そ、それが……」

「どうしたの、爺？」

なぜか、爺は申し訳なさそうに云《い》いよどむ。不思議に思って未來《みく》が周りの女中たちへ振り返ると、彼女たちは何やら気まずそうな顔をしたかと思うと、一斉に素早く視線をそらした。

「え？　なんだか、みんな、変だけど……海斗《かいと》兄様がどうかしたの？」

「いえ、先ほどまでおいででしたが……」

「でしたが？」

歯切れの悪い執事に未來《みく》が再び訊ねると、執事は観念したように重い口を開く。

「海斗《かいと》様は近衛《このえ》師団本部からお戻りになった後、『花街』へとお出かけになりました」

「花街……？」

「えっちな処《ところ》だ！」

すかさず錬《れん》が、僕知ってると云わんばかりに声を上げた。

「えっちって？」

きょとんとして未來《みく》は錬《れん》へと振り返る。

「よくわかんないけど學校《がっこう》の友達が云ってた！」

「でも、花街はお花畑だって、この前、海斗《かいと》兄様が」

「左様《さよう》でございますとも‼」

執事は突然、声を張り上げた。

「花街は、大人のお花畑なのでございます！」

念を押す執事の言葉に、女中たちも大仰に首を縦に振っている。

しかしなぜか皆一様に、表情が引きつっていた。未來《みく》と錬《れん》はふうんと首をかしげる。

「じゃあボクも今度、海斗《かいと》兄様にそのお花畑に連れてってもらおーっと」

「な、なりません！　そこは大人専用のお花畑でございますから、子供は立入厳禁です！」

再び泡を食ったように、執事らはなぜか慌てている。

「さあさあ、花など腹の足しにもなりはしません！　今夜のお食事は如何《いかが》なさいますか？」

「ボクはいいや。ちょっと部屋で考え事をしたいから」

そう応《こた》える未來《みく》の横から、錬《れん》はひょっこり顔をのぞかせた。

「僕はまだ食べられるよ！」

〈鈴《りん》モ、食ベル〉

錬《れん》と鈴《りん》の文化人形は、待ってましたと云《い》わんばかりに即答した。

「では、鈴《りん》様と錬《れん》様のお食事の用意をすぐにさせましょう」

執事は女中たちに告げ、鈴《りん》と錬《れん》を食堂へと促す。

「夕飯はなあに？」

「今夜の御献立は、西洋松露鶏肉詰《せいようしょうろとりにくづめ》、簀巻卵《すまきたまご》に根菜の御煮染《おにしめ》、甘味は開新堂《かいしんどう》のミルフヱでございます」

「よくわかんないけど美味《おい》しそう！　ね、鈴《りん》！」

うれしそうな錬《れん》に、鈴《りん》もうなずく。

彼らの背中を見送りながらほほえむと、未來《みく》は一人、大階段を上がっていった。

第四場

黄昏《たそがれ》どきの遊郭《ゆうかく》が紅《くれない》から群青《ぐんじょう》へと染まる頃、高張提灯《たかはりぢょうちん》に火が灯《とも》る。

それを合図に見世出しの縁起棚の鈴が鳴り、大門《おおもん》から水道尻《すいどじり》までの仲《なか》の町《ちょう》通りを遊客《ゆうかく》や素見《ひやかし》が我先にと見立てに訪れ、通りはにわかに活気づく。

客寄せの禿《かむろ》の太鼓に笛や、新造《しんぞ》の見世《みせ》清掻《すがが》きの御《お》囃子《はやし》をたずさえ、目もくらむような仕掛をまとった遊女が次々に惣籬《そうまがき》の張見世《はりみせ》へと現れる。

「さァさァ、よぅく見さっし、格子の中の蝶《ちょう》がお待ちかね、さァ、おいでなんし」

妓夫《ぎゆう》の声が響く籬《まがき》の門口を尻目に、一際目を引く花魁《おいらん》が艶《あで》やかな虹色ぼかし地に三ツ椿《つばき》をあしらった仕掛を翻《ひるがえ》し内所《ないしょ》に入っていく。

「椿《つばき》かい、お上がり」

楼主《ろうしゅ》は面《おもて》を上げることなく、羅宇《ラウ》煙管《ギセル》の火皿に煙草《タバコ》を詰めている。

椿と呼ばれた花魁は長火鉢の前へと腰を下ろすと、楼主の背後にある遊客から預かった刀を収める刀掛をちらりと見やる。

上から三段目に置かれた瑠璃《るり》の下緒《さげお》の吹雪鐔《つば》に気づくと、安堵《あんど》したようにそっと瞼《まぶた》を伏せた。

「雪清《せっせい》を見りゃもうわかるだろうが、今日は青音《せいね》の子爵《ししゃく》様が来ているからそっちへ廻《まわ》っとくれ。今月分の揚代《あげだい》も門脇《かどわき》の中将様と子爵様から頂いたから今夜から座敷に出なくともいい」

「あい」

やんわりと艶《つや》を帯びた気だるげな返事に面を上げ、椿花魁を見つめながら楼主は続けた。

「あんたは軍の後ろ盾のある特別な花魁だけどね、その中でもあんたはずば抜けて恵まれてるんだから、あの馴染《なじ》みの御二方には感謝しなけりゃいけない」

楼主《ろうしゅ》が真鍮《しんちゅう》の火皿に火種を落とすと、刻みの煙が内所《ないしょ》に漂い、かぐわしい香りが拡《ひろ》がった。

「くれぐれも悋気《りんき》なんぞ起こさせないようにうまく立ち廻《まわ》っとくれ。いずれにしても子爵様《ししやく》は久方ぶりのお越しだ、あんたも存分に可愛《かわい》がってもらってから心からご奉仕するんだよ」

花魁《おいらん》は深々と頭を下げると内所を後にし、楼主に云《い》われた子爵の待つ部屋へと向かう。

花魁が襖《ふすま》を開けると、子爵――青音《せいね》家の当主である海斗《かいと》が、大門《おおもん》を一望出来る手摺《てす》りにもたれながら、妓楼《ぎろう》に灯《とも》る鬼灯《ほおずき》色をその澄んだ瞳に宿し、仲《なか》の町《ちょう》通りで繰り拡げられる浮世を見つめていた。

「あら。出花《でばな》なんか呑《の》まんして、お酒はつけんでいいでありんす？」

「ああ、酒はいらん。悪いが早めに屋敷に戻らなければいけない」

海斗《かいと》は、仲の町通りの方角を見つめたまま応えた。

花魁は煙管《キセル》を口にくわえて吸い込むと、無粋な男に煙を吹きかける。

「もう……折角《せっかく》、二人だけの逢瀬《おうせ》でいなんすのに、つれないでありんすぇ」

花魁の芝居がかった振る舞いに、海斗《かいと》は苦笑する。

「ここしばらくは、主やァ未來《みく》にかかり切りで御座んした。妬《や》けるほどにぇ」

そう云《い》って、花魁は海斗《かいと》の傍《そば》に座った。

寄りかかるように海斗《かいと》の腕に触れると、白粉《おしろい》の香りが彼の鼻腔《びこう》を妖しくくすぐる。

「ほんに、気がかりは気がかりで御座んす」

「どうした？」

「勿論《もちろん》、未來《みく》のことで御座んす。しどい怪我《けが》ではありんしたけれども、主がすぐに『奉魂《ほうこん》』で神憑《かみつき》の『紅《べに》』を分け与えなんしたもの……いかほど頭部といえ、あんなふうに後遺症が残りなんすことがあるものでありんすか？」

「現に未來《みく》は何も思い出せていない。他に手の施しようがない以上、あいつの回復力に賭けるしかないだろう」

「そうでありんすが……」

花魁《おいらん》はまだ何か云《い》いたげであったが、諦《あきら》めたように小さく首を横に振り、細い指先をそっと男の膝に添える。

海斗《かいと》はここで初めて花魁の顔を見て本題を切り出した。

「で、つかんだ情報とやらはなんだ？　紅音《あかね》少尉」

その声に桜皮《かにわ》細工の盆に煙管《キセル》を戻し、姿勢を正すと、鳴子《めいこ》は上官へと敬礼した。

その顔は、すでに軍人のそれだ。

「はっ！　以前から目を付けていた『怪しげな教団』が、最近多発している行方不明者の事件と、どうも関係があるようなの」

「怪しげな教団？」

海斗《かいと》の鋭い視線に鳴子《めいこ》はうなずいた。

「――御影様《おかげさま》教団。以前は『奉仕活動』を主体とした善良な人たちの集まりだったのだけど、最近、どうも彼らの動きがおかしいのよ」

「どうおかしいんだ？」

「若くて美しい女性を手当たり次第に勧誘しているの。その後、その女性たちは行方不明……まるで『影隠し』に遭《あ》ったみたいに……」

「影憑《かげつき》が関係していると思うか？」

「そこまでの確証はまだ……教団内に潜入した憲兵隊と連絡がつけば、まだ内部の様子はわかるのだけど、彼らとも連絡は途絶えてしまって……」

「捕らわれたか……」

つぶやく海斗《かいと》に、鳴子《めいこ》は黙ってうなずく。

「隊長である貴方《あなた》の許可が得られれば、すぐにでもあたしが動くわ」

鳴子《めいこ》の言葉に海斗《かいと》は、出花の碗《わん》を置き立ち上がった。

「――頼む。心してあたってくれ」

第五場

夜更けになってようやく海斗《かいと》が花街から帰宅した。

玄関先で出迎えた爺《じい》に軍帽と鞄を手渡しながら、未來《みく》と鏡音姉弟《かがみねきょうだい》の様子を訊《たず》ねる。

「鈴《りん》様と錬《れん》様はすでに自室でお休みでございます。しかし未來《みく》様が……」

「未來《みく》がどうかしたのか？」

爺《じい》が弱り果てた様子で、大階段の踊り場へと視線を向ける。

爺の視線の先を海斗《かいと》が目で追うと、毛布を被った大きな蓑虫《みのむし》のような物体が、大時計にもたれ掛かっている。


「私共も何度か声を御掛けしたのですが……」

「嗚呼《ああ》……構わん。後は俺がなんとかしよう。お前たちはもう下がれ」

爺は一礼すると控えていた女中たちと奥の間へと下がっていった。

海斗《かいと》は大時計を見上げ、深くため息をつくと階段を上っていく。

案の定、近寄ってみれば、蓑虫の正体は化粧着姿でうたた寝している未來《みく》だ。

「おい、そんな処《ところ》で居眠りしていると風邪を引くぞ」

「はっ⁉　はい！　寝てません！」

未來《みく》は寝ぼけたまま飛び起き、軍服姿の兄に敬礼した。

「いや、むしろ夜はきちんと自分の部屋で寝ろ」

「は、はい……」

未來《みく》は顔を赤らめてうつむく。海斗《かいと》は小さくため息をつくと、再び大階段を上り始めた。

「で……なんだ、こんな遅くまで俺の帰りを待っていたということは、何かあるんだろう」

眠い目をこすり、毛布をずるずる引きずりながら、未來《みく》は海斗《かいと》の後をついていく。

「はい、えっと御前賀《おまえが》生徒会長から、鹿鳴館《ろくめいかん》の話を聞いて……」

先を行く兄の歩みが海斗《かいと》の自室の前で不意に止まった。

「……鹿鳴館？」

「！」

立ち止まった兄の背にしたたかに顔面を打ち付けた未來《みく》が鼻をさすりながら応《こた》える。

「に、兄様、急に立ち止まらないでください……確かそう、舞踏会って云《い》ってた」

しばし、海斗《かいと》は何やら考え込んでいたが、扉を開けると振り返らずに未來《みく》に告げた。

「なるほど。鹿鳴館の舞踏会か。お前に行く気があるなら準備させよう」

「えっ、いいの⁉」

兄は鹿鳴館をあまりよくは思っていない様子だったのに、あまりにもすんなり事が運び、未來《みく》は少々面食らいながら、兄の後に続き部屋に入る。

海斗《かいと》は暖炉の前にある揺り椅子《いす》を未來《みく》に勧め、自身も向き合うように腰を下ろした。

「いいも何も、俺は行くなと云った覚えはない」

海斗《かいと》は襟元をゆるめ、次いで白手袋を外す。

それを見て、未來《みく》はふと生徒会長が昼間話していたことを思い出した。

確か生徒会長は、どこか高そうな店だか職人だかに、舞踏会に着ていくドレスを作らせたというようなことを云っていた気がする。

「あ、あの……舞踏会って、高そうなドレスがないと行けないんですか？」

「ドレスなら衣装部屋にいくらでもあるだろう。それより、社交術は大丈夫なんだろうな？」

「……しゃ、社交術？」

耳慣れない言葉に思わず未來《みく》は聞き返す。

「以前のお前ならいざ知らず、記憶と一緒に忘れてしまったかもしれんな。御復習《おさらい》の意味も含めて、もう一度やっておくといい。家庭教師を用意しておこう」


——えっ⁉　しまった‼　また勉強することが増えた⁉


「話というのはそれだけか？」

「あ、えっと、その……」

口ごもり、なかなか話し始めない未來《みく》に、海斗《かいと》は促した。

「なんだ、遠慮することはない。こんな時間まで起きて俺を待っていたのだから、何か大切な話なんだろう？　妹の相談に乗るのも、兄の務めだ」

初音《はつね》家の家督や未來《みく》や海斗《かいと》の結婚話を、どう切り出すべきか、未來《みく》は迷う。生徒会長に聞くよりも、直接本人に訊《たず》ねた方が早いと考えていたが、いざ本人を目の前にしてみると話しづらい。

沈黙が続き、やがて海斗《かいと》はおもむろに立ち上がると、未來《みく》の前を素通りして扉に手を掛けた。

「に、兄様、どちらへ？」

「風呂だ。何か云《い》いにくい悩みなら、今夜でなくともいつでも相談に乗るが、どうしても今夜でなければならないのなら、戻ってくるまでに話の内容をまとめておけ。いいな」

そう云い残し海斗《かいと》は後ろ手に扉を閉じた。


「…………」


一人ぽつんと残された未來《みく》は、しばらく毛布にくるまり、ゆらゆらと揺り椅子《いす》に揺られながらつぶやいた。

「なんだか、兄様に余計な心配をかけちゃったかな……。結婚話も気になるけど、今は初音《はつね》家の家督のことだけでも訊いてみよう」

待つこと約一時間。

なかなか海斗《かいと》は戻ってこない。

——平成では狭いお風呂に家族皆で入って、すごく狭かったけど楽しかったなあ。さっき、一緒についていっちゃえばよかったかも。

それにしても兄様、遅いなぁ……お風呂で眠ってたりして。

待ちくたびれた未來《みく》は、時間つぶしに兄の部屋の中を探索し始めた。

海斗《かいと》の大きな机に向かうと、その椅子《いす》の肘掛けに手をついて座り、兄の口真似《くちまね》をしながら思いっきり偉そうにふんぞり返ってみた。

「……辞書を引け」

椅子の支柱が、ぎぃっと音を立てる。

未來《みく》はくすくすと笑うと、次に机上に目をやった。いつもはきちんと整頓《せいとん》された机の上に、珍しく山積みになった本と数枚の資料が散らばっている。無造作に置かれた紙資料を一枚手に取ると、そこに記されている細かな文字に目を凝らす。

難しい漢字や外国語ばかりで、ほとんど未來《みく》には何が書いてあるのかわからなかった。ただ、まるで活字のような筆跡から、兄の几帳面《きちょうめん》な性格がうかがえるようで、未來《みく》は苦笑した。

その中に、幾つか何語だかさえわからない筆記体の走り書きを発見した。

「Lebens……？　知らない単語だ。習ってたとしても、どうせほとんど読めないけど」

これ以上解読に挑戦すると頭が痛くなりそうなので、そっと紙を元に戻した。

何気なく本棚に目をやると、雪と桜模様の切りびろうどの写真立てを見つける。

「あれ。この写真立て、ボクの部屋にあったのと同じ？」

未來《みく》は写真立てを手に取って、そっと中を開く。

案の定、未來《みく》の部屋にあるものと全く同じ写真が入っていた。

——やっぱりこの子、海斗《かいと》兄様だったんだ。

未來《みく》は写真立てを元の場所に戻してから、兄の寝台に腰掛けた。

「海斗《かいと》兄様、お風呂まだかなあ……」

未來《みく》は、ごろんと寝台に横になると、うつらうつらと浅い眠りに落ちていく。

どれだけの間、まどろんでいたのか、やがてピアノの音が聴こえてきた。


——この曲、なんだっけ？　どこかで聴いたことがあるような。

次第に意識が目覚め、視界にピアノを弾いている海斗《かいと》の姿が入った。

未來《みく》は慌てて起き上がる。

「やっと起きたか」

兄は真白のハイカラシャツにサスペンダーと、褐返《かちかえし》のフランネルのスラックスといった軽装で、ピアノを奏でている。

「その曲なあに？　ボク、聴いたことがある気がするんだけど」

「これは俺がお前のために作った曲だ。……しかしこれを覚えているなら例の記憶障害が治るのも時間の問題かもしれないな」

「え……？」


──兄様が作った曲？


それはこの世にたった一つの曲ということ。

なぜボクが、この世界の未來《みく》のために兄様が作った曲を知ってるんだろう？

こめかみを人差し指で押さえ、いつまでも首をかしげている未來《みく》に海斗《かいと》は訊《たず》ねる。

「……で、さっきの話の続きはどうするんだ？」

その言葉に未來《みく》は我に返って応《こた》える。

「う、うん……あのね、ずっと不思議だったんだけど、どうしてボクはこの家で海斗《かいと》兄様と一緒に暮らしているの？」

「……なぜそんなことを気にする」

「昼間ね、初音《はつね》家の家督のこと聞いたの」

「なんだと？　誰からだ」

「生徒会長から。初音《はつね》家って、このままだと無くなっちゃうの？」

「ある意味では……そうだ。天涯孤独の身となったお前を、青音《せいね》家が引き取った。だが、初音《はつね》家は永代華族だ。お前が初音《はつね》家の存続を願うなら、いずれ婿《むこ》や養子を迎えることになるだろう」

兄のしてくれた話は、昼間、生徒会長が云《い》っていたことと全く同じだ。

「じゃあボクはやっぱり近々結婚するんだ」

未來《みく》がそうつぶやいた瞬間。

海斗《かいと》は弾いていたピアノの鍵盤を、いきなり両手で力いっぱいたたき付けた。

バ――――――――――――――――ン‼

「なんだ、それは、まさか好いた男でも出来たんじゃなかろうな⁉　どこの馬の骨だ、この俺が刀の錆《さび》にしてくれる！」

「兄様、さっきと云ってることが違います！　ボク、ぜんぜんそんなことまだこれっぽっちも考えてないです‼」

急に人が変わったように荒ぶる兄に、未來《みく》は、ぶんぶんと頭を横に振って慌てて否定した。

「なんだ、それを先に云え」

今にも屋敷を飛び出さんばかりの勢いだった兄が、一転していつもの冷静沈着な兄に戻る。

「でも兄様だって結婚するんでしょう？」

「なんだ、それは」

「だって生徒会長が」

「また、生徒会長か‼　俺のことなど、どうでもいい。お前の相手を見つけることが先決だ」

「でも、ボクに結婚相手が見つかったら、兄様が斬っちゃうんでしょう？」

「嗚呼《ああ》、斬る」

——だめだ、ボク、一生結婚できない⁉

「いずれにせよ、そういうことなら人を見る目を養ういい機会だ。舞踏会だの、夜会だの、お前が気の済むまで行ってみるといい」

「兄様も一緒に来てくれる？」

「お前一人だけ行かせるわけにはいかないからな。その時は俺も付き合おう。さあ、今夜はもう遅い、自室に戻れ」

兄の言葉に未來《みく》は素直にうなずいた。

第六場

秋空が高く晴れわたる、舞踏会当日の朝——。

未來《みく》の部屋に隣接したアカシアの腰壁にダマスク柄の白練《しろねり》の化粧部屋で、女中たちが何着ものドレスを並べ立て、あれやこれやと騒ぎ立てている。

「まさか、お嬢様が舞踏会に行きたいとおっしゃるなんて珍しいこと」

「舞踏会は、今夜でしょう？　おかげでお嬢様、休む暇もないわね。お気の毒に」

「でも、未來《みく》お嬢様、最初の頃に比べて見違えるようにお上手になって……さすがは公家《くげ》の血を引く名門、初音《はつね》家のお姫様だわ」

女中たちの見守る中、蓄音機から流れるワルツの調べに合わせて、海斗《かいと》の雇った家庭教師に何度も怒鳴られながら、未來《みく》はこの舞踏会当日ぎりぎりまで西洋舞踏を学んでいた。

「一二三、二二三、頭を上げない！　顔を下げずに、顎《あご》をお引きなさい！　嗚呼っ、胃は引っ込めて！」

「は、はい、先生っ！」

もう四〇を超える女性家庭教師は、実際に西洋まで行って本場の社交術や舞踊を習ってきた専門家だった。何時間も休みなしのぶっつづけの講義と練習に、未來《みく》は汗だくになりながらも、必死についていこうとしている。

「いちいち足元を確認しない！　目線は殿方に！　二二三、三二三……嗚呼、もう時間がありません。西洋舞踏のお稽古《けいこ》をしながら、先ほどお教えしたマナーの御復習《おさらい》も同時にいたします」

「えっ。ダンスを踊りながらですか⁉」

「口応《くちごた》えしない！」

「はい！」

「では、基本的な洋式のマナーの御復習から。とがった洋菓子をいただくときのマナーは？」

「胃を引っ込める！」

「違うでしょ！　それは今教えたばかりのダンスの方でしょう⁉　正解は『とがった処《ところ》から、いただく』よ。次の問題！」

未來《みく》は頭を抱え、悔しそうにつぶやいた。

「惜しかった……」

「全然惜しくありません！　では、襖《ふすま》の開閉は何度に分けますか？」

「一二三、二二三？」

「それもダンス！　そんなリズムに乗って襖を開け閉めする人がどこにいますか⁉　襖の開閉は三回に分けてです！」

「三は合ってたのにー！　……きゃあっ⁉」

踏ん付けた絹のドレスに足をすくわれ、未來《みく》は直角につんのめると、女中たちが拡《ひろ》げているドレスの山に頭から転がり込んだ。

「お、お嬢様⁉　大事はございませんか？」

慌てて女中たちが悲鳴を上げて集まってくる。

「だ、大丈夫。ちょっと足がもつれちゃった」

家庭教師も、女中たちも胸を撫で下ろす。いくら怪我《けが》の治りが早い神憑《かみつき》とはいえ、舞踏会の直前に怪我をされては元も子もない。

「あのう、この辺りで少し休憩をされたらいかがでしょう？　このままでは今夜の舞踏会の前にお嬢様が倒れてしまいかねません。加えて、今のお嬢様では一度に二つのことを同時に考えるのは無理でございます」

女中の一人が、未來《みく》に同情するように云《い》った。

「わかりました。まだまだ教えたいことは山ほど残っていますが、もう時間切れのようですね。授業はここまでに致しましょう」

家庭教師は、疲れ果てたように息を吐いて云《い》った。

第七場

「それで、ボクが着られそうなドレスあった？」

未來《みく》は女中たちがずらりと並べたドレスの花の前に駆け寄る。

「はい、晩餐会《ばんさんかい》用の夜会服なら何点か。ですが未來《みく》お嬢様は舞踏会から離れておいででしたから、あまり形の新しいものは……嗚呼《ああ》、そういえばあの白藤色のシルカシェンヌなら、比較的新しいデザインかと」

女中の一人が思い出したようにそのドレスを探し出し手に取ると、別の女中が裾《すそ》を摘《つま》みながら口を挟む。

「一昔前ならシルカシェンヌやポロネーズで良かったけれど、今は成人前でもロングを着るのが流行ですから」

化粧部屋に並べられたドレスは、未來《みく》にはどれもこれも素敵に思えたが、女中たちの方が満足していないらしい。未來《みく》にとって初めての舞踏会ということで、どちらかというと、未來《みく》よりも彼女たちの方が張り切っているくらいだった。

「きっと生徒会長なら、今風のドレスをいっぱい持ってるんだろうなあ……この間も、『異世《いせ》幸《こう》』の職人に舞踏会に着ていくドレスを持ってこさせるって云《い》ってたし」

「あの有名な異世幸のドレスでございますか？」

「知ってるの？　ボク、そういうのってうといから」

「未來《みく》姉、休憩だって？　遊んでよ！」

扉をバンと勢いよく開けて、錬《れん》、そして鈴《りん》が化粧部屋に入ってきた。

「ちょうどいいところに！　ねえ、錬《れん》、鈴《りん》。このドレスの中で、どれが一番いいと思う？」

「えー、ドレス？　海斗《かいと》兄の選んだドレスなんて、いつも一緒だよ」

錬《れん》はまったく興味が無さそうな声で云う。

「錬《れん》様のおっしゃる通り、こうして拡《ひろ》げてみると……海斗《かいと》様の御趣味が一目瞭然《いちもくりようぜん》ですね」

女中の一人がぽつりとつぶやいた。

どれもこれも甘いレースやたっぷりとしたフリルに包まれたロマンティックなデザインで、モダンさや大人っぽさ、セクシーなデザインは面白いほど皆無だ。

「確かに。未來《みく》お嬢様に何をお求めなのか、こうして並べて見るとよくわかります。きっと未《み》來《く》お嬢様には『永遠の少女』でいてほしいのかもしれませんね」

　また別の女中がうなずきながら云った。

「永遠の少女？」

「主人がいないと思って云いたい放題だな。お前たち陰ではいつもそうなのか？」

　錬《れん》が開けっ放しにしていた扉から、海斗《かいと》が姿を現す。

「も、申し訳ございませんっ！」

　女中たちが、一斉に声をそろえて海斗《かいと》に頭を下げる。

「兄様⁉　いつ帰ってこられたんですか⁉」

「たった今だ。で、これはなんの騒ぎだ？　家庭教師はどうした？」

「ついさっきまで、すっごく頑張ってました。もうダンスも社交マナーも完璧です。ね？」

　未來《みく》が女中たちを振り返ると、彼女たちは神妙な面持ちで一様にうなずいた。

「なるほど、ではその完璧なご令嬢とやらを今夜見せてもらえるというわけだな？」


「――……う。」


　女中たちの作り笑いがさらにこわばり、顔色も一瞬にして青ざめる。未來《みく》はすでにドレスの絹の海に突っ伏して撃沈する有様だ。

「それで、お前たちはこんなにドレスを引っ張り出していったい何をやってる？」

「も、勿論《もちろん》、今夜お嬢様がお召しになるドレスを選んでいたところでございます」

場を取り繕うように、女中が海斗《かいと》に応《こた》えた。

「ああ、それなら俺が異世《いせ》幸《こう》に作らせたドレスが、たった今届いたところだ」

主人の言葉に女中たちは安堵《あんど》の色を浮かべ、絹の海から浮上した未來《みく》も目を丸くする。

「え？　まさか海斗《かいと》兄様が、ボクに新しいドレスを？」

「お前が着ないで、いったい誰が着る。俺が自分のために作らせたと思うか？」

それはそれで、是非見てみたい！　直前まで兄が隠していたのは、きっと驚かすつもりだったのだろう。しかも生徒会長と同じ異世幸だ。思わず未來《みく》は、海斗《かいと》の胸に抱きついていた。

「ここしばらく、お前も頑張ったからな。それに初めての舞踏会だ。俺もお前に恥をかかせたくはない」

「あ、ありがとう、海斗《かいと》兄様！」

「いいなあ、未來《みく》姉ばっかり……」

それを横で聞いていた錬《れん》が、頬《ほお》をぷうっと膨らませた。

姉の鈴《りん》の方は珍しく、床に開いた『ぬりえ』に没頭している。

「錬《れん》もドレスが欲しいの？」

錬《れん》に向き直って未來《みく》が訊《たず》ねると、「ちがうよ！」と云《い》って、錬《れん》はさらに頬を膨らませた。

姉の鈴《りん》まで、弟の真似《まね》をしてなぜか頬を膨らませている。

「錬《れん》、そうすねるな。今度一緒に百貨店にでも行って服を新調しよう。勿論、鈴《りん》も一緒だ」

「わーい！　他にもおねだりしていい？」

「なんだ、まだ欲しい物があるのか？」

『火星人の大逆襲』の続刊が出たんだけどそれも買ってくれる？」

「絵本か。しかしお前、火星人の他に読むものは無いのか」

「じゃあ『怪人変装セット』と『光線銃』も買ってくれる？」

「ああ。鈴《りん》は何か欲しい物は無いのか？」

鈴《りん》は色を塗っている途中の『ぬりえ』を海斗《かいと》に見せた。

「わかった。新しい『ぬりえ』だな。全部買ってやってもいいが……その代わり、次の試験で全科目九〇点以上取れなかったら没収だからな。未來《みく》もだぞ、九〇点以上取れなければドレスは没収だ」


「え――――――――――――――――っ!!」


未來《みく》と錬《れん》が二人揃って不満の声を上げた。

鈴《りん》は相変わらず、我関せずといった感じで、ぬりえに没頭している。

「さあ、わかったら早く支度をしろ。今夜は遅れるわけにはいかないからな。おい、誰か未來《みく》の支度を手伝ってやれ」

海斗《かいと》がそう云い残して部屋を出ていくと、その場にいる使用人全てが、腰を落とし主へと低頭する。

「よかったですね、海斗《かいと》様がお優しい方で。ささ、湯浴《ゆあ》みのお支度が出来ております」

「うん！」

ほほえむ女中に未來《みく》もまた、うれしそうに無邪気に笑った。

第八場

夕闇迫る帝都に、一八時を告げる時計台の鐘が鳴り響く。

一斉に灯《とも》された瓦斯《ガス》灯の鬱金《うこん》の銀河から幻影のように桜京鹿鳴館《おうきょうろくめいかん》が浮かび上がる。

――四代目、桜京鹿鳴館。

その豪奢《ごうしゃ》を極める姿は、在《あ》りし日の初代鹿鳴館に勝るとも劣らぬ面影を悠然と宿していた。

初代の通りに再現された旧薩摩《さつま》藩、装束屋敷跡の黒門の正面玄関の馬車寄せには処狭《ところせま》しと何台もの馬車や車が行き交い、キャリッジランプが夢の中をたゆたう星影のように幻想的な空間を創り出している。

その正面手前に連なるアーチの一角に、二頭引きのランドー馬車が横付けした。

御者が馬車内の主人へと、うやうやしく声を掛ける。

「正門まで今少し距離がございますが……」

「ここでいい」

凛《りん》と通る声が響くと、その黒塗りの馬車の銀で吹雪紋が刻まれた扉が開いた。

中から軍の礼装用の白外套《しろがいとう》に身を包んだ男が降りてくる。

慌てて手綱《たづな》を固定し、務めを果たそうとする御者を左手で制し、海斗《かいと》は自ら未來《みく》に手を差し伸べて降りるように促した。

未來《みく》は差し出された海斗《かいと》の腕を支えに馬車からすとんと降りる。

身にまとった雪のように真っ白なカシミアとミンクのペリースコートがふわりと風に躍った。

少しずれたマフの位置を兄に整えてもらうと未來《みく》は小さく震えた。

「どうした。寒いのか？」

「ちょっとだけ……あと、心配で」

「心配？　楽しみにしていたんじゃないのか？」

「……両方。ちょっと緊張してるのかも」

相変わらず仏頂面のままではあったが、海斗《かいと》は自分の白い外套を脱いで心細げに笑う未來《みく》の肩に羽織らせる。

「この外套……ちょっと重い……」

「礼装とはいえ男物の軍用外套だからな。気に入らなければ返せ」

海斗《かいと》が外套を奪い返そうと手を伸ばすと、未來《みく》は巧みにその手をすり抜けた。

ドレスを翻《ひるがえ》して悪戯《いたずら》っぽく微笑してみせる未來《みく》を、海斗《かいと》は目を細めて見つめる。

「……未來《みく》」

「な、なあに、兄様。急に改まって」

「……まだまだな」

「ええええ――何が――⁉」

未來《みく》は不満げに唇をとがらせ、どこがいけないのかななどとつぶやきながら、ドレスの裾《すそ》を払ったり、袖を引っ張ったりと忙《せわ》しない。

「そのドレスは気に入ったか？」

「はい。勿論《もちろん》！」

力いっぱい元気よく応《こた》える未來《みく》。しかし、正面玄関が近づくにつれ、うきうきと足取りが軽やかになる妹とは裏腹に、海斗《かいと》の足取りはずるずると鉛のように重さを増していく。

我が子を嫁に送り出す父親の心境とはこんなものかもしれないと海斗《かいと》は胸の内で思う。

「早く、兄様！」

「やれやれ……どうやら緊張はほぐれたようだな」

海斗《かいと》は苦笑し、手を取る未來《みく》に促されるようにして鹿鳴館《ろくめいかん》へと向かった。

第九場

煌《きら》びやかな正面玄関のアーチをくぐると、今夜の舞踏会の主催者が、入場する招待客たちを一人ずつ笑顔で出迎えている。

主催者のその軍装に着けられた勲章《くんしょう》の数々を見ただけで、将官位であろうことは世事にうとい未來《みく》でも見て取れた。

「佐条院啓伯爵《さじょういんけいはくしゃく》御夫妻、御令息智様《さとし》！」

招待客の到着を告げる侍従長の声がエントランスに朗々と響き渡ると、名を呼ばれた一行が主催者へと頭《こうべ》を垂れ挨拶をする。

「…………」

「どうした」

「一人ずつ名前を呼ばれるの？」

「ああ、しきたりのようなものだ。お前も出席者の名前をこの機会に覚えておけ」

「鷹司光公爵《たかつかさひかるこうしゃく》　御夫妻、御令息正邦《まさくに》様、御令嬢菜子《なこ》様」

次々と到着する招待客たちの名を厳《おごそ》かに読み上げる侍従長の声……。

――ボクはなんて呼ばれるんだろう……兄様と同伴してていいのかな。

ダンスのことばかり楽しみにしていて、こんなふうにわざわざ客の名前を読み上げながら入場するなんて思いもしなかった。

勿論《もちろん》、未來《みく》は兄とは家名が異なる。

血のつながった本当の家族でもなく、養子縁組もしていない華族……。

そんな関係は鹿鳴館《ろくめいかん》に集まった中では、自分たち二人だけだろう。

それを改めて大勢の前で再認識させられるようで、未來《みく》は足がすくんだ。

「何も心配するな。お前は俺の横にいればいい」

未來《みく》の緊張を気にしてか、海斗《かいと》が小声でささやいた。左肘を未來《みく》の前にすっと差し出す。

差し出された海斗《かいと》の左腕に、未來《みく》はおずおずと自分の手を添えた。

「青音《せいね》海斗《かいと》子爵《ししゃく》様、御令妹《ごれいまい》初音《はつね》未來《みく》様！」

侍従長の声に、人垣から一瞬ざわめきの声が起こる。

青音《せいね》未來《みく》ではなく、初音《はつね》未來《みく》と呼ばれた。それは当然のことだったが、どうしても兄との距離を感じてしまう。生徒会長に教えられた通り、この社交界では明らかに異質の存在なのだ。

そんな異質な存在である自分の一挙手一投足を全ての来賓《らいひん》に見張られているような、ただならぬ周囲の気配に未來《みく》はいたたまれなくなる。

先ほど見せた明るい笑顔から一転して、表情を硬く曇らせうつむいている妹の耳元に、兄がそっとささやいた。

「『頭を上げない。顔を下げずに、顎《あご》をお引きなさい』……だろ？」

未來《みく》は突如姿勢を正し、まっすぐ前に面《おもて》を上げた。ここしばらく家庭教師から云《い》われ続けたその言葉に、反射的に軀《からだ》が反応する。

「華族としての立ち居振る舞いも舞踊と同様、堂々としていればそれでいい」

海斗《かいと》は周囲の好奇の目に臆することなく歩を進めると、主催者夫妻の前に出て軍帽を取り挨拶を交わした。未來《みく》もまた作法通りに視線を落とし腰をかがめる。

「おお、青音《せいね》准佐《じゅんさ》。よく来てくれた」

「國衞《くにえ》大将閣下。お招きにあずかりまして光栄に存じます」

「家内も君に会うのを、それは楽しみにしとったんだ。また御前賀《おまえが》大将と、うちに来るといい」

夫人が手を差し伸べると、海斗《かいと》はその手の甲にうやうやしく接吻《せっぷん》をする。

「御無沙汰《ごぶさた》しております、國衞《くにえ》夫人」

「前のようにまた頻繁に遊びにいらしてね。あらあら、こちらが貴方《あなた》ご自慢の妹さん？　本当に愛らしい方ですこと」

未來《みく》は緊張した面持ちで夫人へと腰を屈め、目礼した。

國衞《くにえ》大将は興味深げに、未來《みく》にしげしげと見入っている。

「初音《はつね》家というと、『桜』の名門の御姫さんか。御一新《ごいっしん》前はかの公家《くげ》大名の……」

「は、左様《さよう》で」

國衞《くにえ》大将の問いに海斗《かいと》が短く応《こた》える。

ほう、と再び物珍しげに未來《みく》を見る國衛《くにえ》大将の横で、夫人が親しげに話し掛ける。

「海斗《かいと》さんがお若い頃にね、貴方《あなた》のことをそれはうれしそうに話してくださったのよ。僕のピアノに合わせてさえずる、可愛《かわい》い『鶯《うぐいす》』を手に入れたって」

夫人は未來《みく》の頰《ほお》に手を添えて優しくほほえんだ。

未來《みく》はなんのことだかわからずきょとんとしていたが、周囲の視線に慌てて形式通りに言葉を返す。

「……お、恐れ入ります」

「ああ、なるほど。あれはこの初音《はつね》の御姫さんの事だったか。儂《わし》はずっと鳥のことだと思っとったが、なんだ君もあんな若い内から白鳥に化ける雛《ひな》を籠《かご》に囲うとはなかなか隅に置けんなぁ」

「ま、御前《ごぜん》ったら、おほほほほほほほほ」

「がはははははははは」

大声で笑う夫妻に、海斗《かいと》は苦笑いを隠して黙礼した。

未來《みく》には会話の内容はわからなかったが、失礼の無いように笑顔だけは絶やさずにいた。

「今夜はゆっくりしていってくれたまえよ。では、また後でな」

「また舞踏場でお会いいたしましょうね」

夫妻の言葉に海斗《かいと》と未來《みく》は一礼し、広間の中央の大階段へと向かった。

大階段の吹き抜けを煌々《こうこう》と照らす豪華絢爛《けんらん》なシャンデリアを見上げて、未來《みく》は海斗《かいと》に訊《たず》ねる。

「……鶯って？」

「俺がまだ學生《がくせい》だった頃の戯《ざ》れ言だ。忘れていい」

海斗《かいと》は周囲からの挨拶に目礼で応《こた》えながら素っ気なく答える。

「…………」

そう云《い》われると逆に気になる。

大階段の横に待機しているクローク係の侍従がうやうやしく頭《こうべ》を垂れ、海斗《かいと》はその手に外套《がいとう》や儀礼刀を預ける。海斗《かいと》は同伴者の役目として、未來《みく》のペリースコートも脱がせると、同じく侍従に預けた。

外套とペリースコートを脱いだ未來《みく》の夜会服と海斗《かいと》の礼装は、目の覚めるような純白で統一され、差し色は互いに寒色系の髪のみといった簡素さが、互いの美しさをより際立たせている。

海斗《かいと》は神憑《かみつき》隊の白地に銀モールの軍礼装、処々《ところどころ》に銀糸で青音《せいね》家の家紋の吹雪が縫い込まれている。礼装は他にも白地に金、葬祭用の黒地に銀、及び金と揃っているが、海斗《かいと》は好んで銀糸の組み合わせを選ぶことが多い。

未來《みく》も純白の絹本繻子《シルクサテン》に銀糸の刺繍《ししゅう》が施された身頃、平薄織《オーガンジー》の引裾《ひきすそ》を緩やかに腰で交差させた清楚《せいそ》で柔らかなバッスルスタイルのドレスだ。その胸元を幾重《いくえ》にもフリルが優しく包み込み、至る処に真珠や小花の装飾品が散らされていて、未來《みく》の清楚さがより強調されている。

「どうだ、少しは場の雰囲気にも慣れてきたか？」

「……ん。でも、なんだか圧倒されちゃって……どこも煌《きら》びやかで御伽《おとぎ》の國《くに》に迷い込んだような気分。あ、そうだ！　次に来るときは、鍊《れん》と鈴《りん》も連れてきてあげてもいい？」

「大人しくしていればな……」

海斗《かいと》がわずかに視線をそらして云《い》ったそのとき、聞き慣れた名がエントランスに響き渡った。

「御前賀草嘉侯爵様《おまえがそうかこうしゃく》、御令息忠志《ただし》様、御令嬢悠那《ゆうな》様！」

御前賀《おまえが》家御一行は、入り口で主催者の國備《くにえ》夫妻と挨拶を交わしたあと、まっすぐに大階段にいる未來《みく》たちの元へやってきた。

海斗《かいと》と未來《みく》は、御前賀《おまえが》大将にいつものように敬礼する。御前賀《おまえが》大将は、帝都の神憑《かみつき》隊を束ねる上官だ。白礼装の膨張色が御前賀《おまえが》大将の恰幅《かっぷく》の良い体格をさらに際立たせている。

「なんだ、君らも来とったのか。これはこれは珍しい事もあるもんだな。青音准佐《せいねじゅんさ》、初音《はつね》君」

「はっ！」

海斗《かいと》と未來《みく》は、揃って上官に敬礼する。

「初音《はつね》君、見違えるようだな。よく似合っとるよ。清楚《せいそ》というか可憐《かれん》というか、やはり女性は軍服よりもその方がよいな」

「あ、ありがとうございます……」

うなずきながらほほえむ御前賀《おまえが》大将に、未來《みく》は照れ臭そうにお辞儀をする。

「それにしても、青音《せいね》准佐。君はあんなにこの鹿鳴館《ろくめいかん》を嫌っていたのにどういう風の吹き回しだ、今夜は？」

「どうにもこういった華やかな席は苦手でして……今夜は妹の付き添いです」

「ごきげんよう、海斗《かいと》様。未來《みく》さん」

御前賀《おまえが》大将の隣にいた悠那《ゆうな》が、艶然《えんぜん》とほほえみながら優美に御辞儀をする。白金色の縦巻髪にはドレスとそろいの薔薇《ばら》色のリボンが揺れている。

「ご、ごきげんよう、生徒会長」

腰をかがめて、挨拶を返す未來《みく》に悠那《ゆうな》は苦笑した。

「まあ、ここは學院《がくいん》ではないのですから、名前で結構よ、未來《みく》さん」

「あ、つい……失礼しました。ゆ、悠那《ゆうな》様」

未來《みく》は小さな軀《からだ》をさらにすくませると、慌てて訂正した。

「でも本当に素敵なドレス。見かけによらずセンスが宜《よろ》しいのね」

ドレス姿を褒められて、未來《みく》は自然と声が弾む。

「兄に選んでもらいました。生徒会ちょ……悠那《ゆうな》様のドレスもとても素敵です！」

うれしそうにスカートの裾をつまみ上げながら云う未來《みく》に、悠那《ゆうな》はかすかに眉《まゆ》をひそめた。

「まあ……海斗《かいと》様がお選びに……」

そんな彼女の心情には全く気づかず、未來《みく》は御前賀《おまえが》大将の隣に居る黒のカッタウェイに白いタイの育ちの良さそうな男性と目が合った。海斗《かいと》とそう変わらない年頃の青年は、未來《みく》の顔を愁《うれ》いを帯びた瞳で一心に見つめていた。

――誰だろう？　でもこの人、どこかで……。

見覚えがある気がして、未來《みく》は必死で記憶の糸をたぐる。

御前《おまえが》賀大将がそんな未來《みく》の表情を悟ると、改めて傍《かたわ》らの青年を紹介した。

「ああ、息子の忠志《ただし》は五年ぶりにようやく帰国したばかりでね。どうだ、忠志《ただし》。初音《はつね》君も一段と美しくなっただろう。いやあ、初音《はつね》君も悠那《ゆうな》も、どちらも花で云《い》えばまだつぼみ。うちの息子と青音《せいね》准佐《じゅんさ》のどちらが先にその花を咲かせることが出来るか、いやあ楽しみだ」

「ええ、本当に……つい見とれてしまいました。お久しぶりです、青音《せいね》准佐、未來《みく》さん」

忠志《ただし》は気品に満ちた艶《つや》やかな笑顔を向けながら会釈する。

「どちらの御國《おくに》へいらしていたのですか？」

周囲と話を合わせるように、未來《みく》から忠志《ただし》へと問いかける。

「商談で、あちこちの國を回っていました。華族である以上、いずれは皇室の藩屏《はんぺい》として貴方《あなた》のように軍隊入りとなるのでしょうが、それまでは父の『稼業』の手伝いをやるつもりでおります」

「なるほど。ご立派です」

握手を交わしながらそう応《こた》える海斗《かいと》の耳元に、忠志《ただし》は海斗《かいと》にしか聞こえない声でささやいた。

「全く、相も変わらず、私の父はまるでわかっていない。私はともかく、貴方《あなた》は咲き誇った大輪の花を愛《め》でるタイプではないのに……」

「………」

海斗《かいと》がその言葉の意味を質《ただ》す前に、忠志《ただし》はすっと身を引いて未來《みく》へと向き直った。

「それにしても未來《みく》さん、私が五年も帝都を留守にしている間に、本当に美しくなられましたね。どうでしょう、後ほど、この私と踊ってはいただけませんか？」

「え、あの……」

突然の申し出に、未來《みく》は兄の顔を見上げる。付け焼き刃で社交ダンスを習いはしたが、果たしてうまく踊れるものだろうか。未來《みく》が返す言葉に窮していると、御前賀《おまえが》大将が破顔して云う。

「それはいい。悠那《ゆうな》、お前も青音《せいね》准佐にダンスの相手をしてもらいなさい。今夜はそのつもりで念入りにめかし込んで来たのだろう。嗚呼《ああ》、いや、ダンスの相手というよりは、お前にとって青音《せいね》准佐は、将来の御相手というべきかな？」

その一言に、途端に顔を耳まで真っ赤にして恥じらう自分の娘に向かって、御前賀《おまえが》大将は大きな腹を揺らしながら豪快に笑った。

「やっ、やですわ、お父様ったら、いきなりそんなっ！　まだ花嫁修業中の身であるわたくしでは、海斗《かいと》様の御相手なんてとても……」

悠那《ゆうな》は言葉とは裏腹に、うれしそうな顔で首を何度も横に振ると、おずおずと上目遣いに海斗《かいと》の顔を見上げて反応をうかがう。

「でも、海斗《かいと》様が……その……もしよろしければ……」

その言葉の先を遮《さえぎ》るかのように、海斗《かいと》は一歩前に出た。

「まさしくおっしゃる通りです。私ではとても悠那《ゆうな》様のお相手は務まらないでしょう。それより閣下、例の事件についてお話が」

「なんだと。何か新しい情報でも入ったのかね」

海斗《かいと》の一言に、御前賀《おまえが》大将は軍人然とした面持ちに戻ると、忠志《ただし》を引き連れ、さっさと別室へと向かってしまう。その場には、海斗《かいと》たちの背中を茫然《ぼうぜん》と見送る未來《みく》と、愕然《がくぜん》とした表情の悠那《ゆうな》だけが取り残されていた。

第十場

——海斗《かいと》兄様ったら、ボクのこと放って、どこ行っちゃったんだろう……。

まだ、御前賀《おまえが》大将とどこか別室で仕事の話をしているのだろうか。全く戻ってくる気配の無い兄を待ちくたびれて、未來《みく》は談話室に来ていた。

周りにいる華族たちの会話は、今の世界情勢や政治や金儲けの話ばかりが延々と続いていて、學生《がくせい》の身である未來《みく》がその会話に加わるには少々難しすぎた。

ダンスが始まるまでの間、同じ學院《がくいん》の悠那《ゆうな》がそばに居てくれればここまで心細い思いをせずに済んだだろうが、あいにく彼女は急に体調を崩したとかで、すでに帰宅してしまっていた。

次は絶対に錬《れん》と鈴《りん》にも一緒に来てもらおうと未來《みく》は内心、強く思った。

そこへ、色とりどりの飲み物をトレイの上に並べた客間女給が、未來《みく》の前を横切っていく。

一瞬にして目を奪われた未來《みく》は、女給を呼び止める。

「それ、頂いても？」

「はい、なんなりと」

女給は愛想良くほほえむと、腰を落としトレイを差し出す。未來《みく》はその中でもひときわ目を引く薄桜色の『江戸切子《えどきりこ》』のグラスを手に取った。

その表面には流水を行く桜の花筏《はないかだ》の模様があしらわれており、中を満たす薄い白緑色《びゃくろく》の飲み物がその雅《みやび》さを際立たせている。

「綺麗……」

グラスを持ったまま、未來《みく》は白亜の半円アーチを抜け、露台《バルコニー》へと向かう。

宝石のように輝く江戸切子のグラスをひと目見た瞬間、月の光に透かして眺めてみたくなったからだ。未來《みく》は早速、そのグラスを月の光に透かしては下からのぞいてみたり、横から上から眺めてみたりと、ひとしきり目で楽しんでから、ようやくグラスに口をつけてみる。

「!?」

ひとくち口にした瞬間、未來《みく》はそれが水ではない、何か別の飲み物だと気づいて、思わず右手で口元を押さえた。

「こんな処《ところ》で一人隠れて、こっそり味見とは、いけない方ですね」

「い、いえ、そんなつもりでは……」

不意に背後から声を掛けられて、未來《みく》はおそるおそる振り返った。

「未來《みく》さん、貴方《あなた》をずっと捜しておりました。もしかしたら、妹と一緒にすでに帰られてしまったのかと思い、心配致しました」

「あ、あなたは、さっきの、えっと、生徒会長の御兄様」

男はグラスを未來《みく》の手から奪うと、残りを飲み干してしまった。

「あ、それボクが口つけちゃっ……」

「気になさることはありません。私は将来、貴方《あなた》の夫となる男です」

「お、おっと⁉」

「ああ、足元にはお気をつけください。外は暗いですから」

「いえ、生徒会長の御兄様……別にボクは転びそうになったわけではないんですけど」

「昔のように『忠志《ただし》』と呼んでください。なんでしょうか、未來《みく》さん」

「あの……忠志《ただし》様、あなたとボクが、いつ将来の約束を……そ、そのようなお戯《たわむ》れは……」

「戯れ？　いえ、私は生まれてこの方、一度も嘘をついたことはありませんよ。ましてや戯れなど……久しぶりに貴方を見た瞬間、私は心に決めました。是非、私と結婚して頂きたい」

忠志《ただし》は再び熱を帯びた眼差《まなざ》しで未來《みく》を見つめた。未來《みく》は思わず、一歩後ずさる。

「い、命知らずなっ⁉」

「は？」

「いえ……、お、お申し出はとてもありがたいんですけど、でもボク、結婚とかはまだ考えたことがなくて……」

「貴方は何も考える必要はありませんよ。大名華族の御前賀《おまえが》家と、公家《くげ》華族の初音《はつね》家——両家の家格にはなんの問題もありません。それとも、他にお心を寄せる方がすでにいらっしゃるのでしょうか？」

——好きな……男性？


「はい、兄や弟は大好きです！」

未來《みく》はにっこりとほほえみながら自信を持って応《こた》える。

しかしその言葉を聞いた途端、何故か忠志《ただし》は口元を押さえ、必死に笑いをこらえている。

——ボクまた何か見当違いなこと云《い》ってしまったのだろうか？

「ああ、失礼、あまりにも素直でかわいらしいご返答に、つい。しかし、なるほど。やはりなんの問題もありません」

「え⁉」

どうしてそうなるの。ボクの方は問題ありまくりなのに……。

未來《みく》が黙ってうつむいていると、やがて舞踏場から美しいワルツが聞こえてきた。

「おや。……やっとダンスが始まったようですね」

「あ、あの……えぇーっと、ボクは……」

おろおろと断る理由を探している未來《みく》を、忠志《ただし》は照れ隠しと勘違いしたのか、さあ参りましょうと優しく笑いかける。未來《みく》は困惑しながらも、忠志《ただし》の横に並んで舞踏場へと向かった。

第十一場

舞踏場は帝都桜京軍樂隊《おうきようぐんがくたい》による優雅なワルツの演奏に包まれていた。

未來《みく》は周囲を見渡し兄の姿を捜すが、未だ戻ってきてはいないようだ。

小さなため息をつく未來《みく》の細い肩を、忠志《ただし》がそっと抱いた。

麝香《じやこう》の甘い香りに、未來《みく》が面《おもて》を上げると、忠志《ただし》が和《なご》やかにほほえんだ。その優しい眼差《まなざ》しに誘われるように、ダンスだけでも楽しもうと未來《みく》は思うことにした。


途中で踊りの輪に分け入った未來《みく》と忠志《ただし》に一瞬周囲の視線が集中したが、忠志《ただし》は臆した様子も無く堂々と未來《みく》をフロアの中央まで導いた。シャンデリアに灯《とも》る燈火がキラキラと輝く中、改めて忠志《ただし》は己の胸に手を当て一礼。未來《みく》もまた、家庭教師に習ったとおりに腰をかがめ、ダンスの申し出を受ける。

抱き寄せれば簡単に折れてしまいそうなほど華奢《きやしや》な未來《みく》の背に、忠志《ただし》が腕を廻《まわ》すと、未來《みく》も彼の手を取り、そのまま忠志《ただし》のリードに合わせ、三拍子のステップを踏み出した。

「未來《みく》さん。この鹿鳴館《ろくめいかん》には以前にも？」

「は、初めてです。だからうまく踊れるかどうか心配で……」

未來《みく》はワルツの調べに軀《からだ》を揺らしながら、緊張した面持ちで忠志《ただし》の顔を見上げる。

「初めて？　そうでしたか。嗚呼《ああ》、何も心配はいりません。私が責任を持って未來《みく》さんをリードしますから。さあ、そう硬くならず、肩の力を抜いて、私に全てを預けるようにステップを踏めば良いのです。そう、一二三、二二三……」

――うまい、この人……。

未來《みく》の家庭教師並みか、恐らくそれ以上だ。長年、外《と》つ國《くに》で暮らしていただけあって、このような社交の場での女性の扱いにも長《た》けているのだろう。おかげで、ぎこちない未來《みく》のダンスが、忠志《ただし》のリードに助けられてなんとか様《さま》になっている。

「おっと！」

「ご、ごめんなさいっ！　ボクったら足を！」

しかし、未來《みく》が油断した途端、忠志《ただし》の足を踏んづけてしまう。

家庭教師にさんざん注意を受けたはずが、やはり付け焼き刃のダンスでは、通用しないということだろうか。未來《みく》は慌てて足を引っ込めて謝罪した。

「いいえ、どうかお気になさらずに。今この瞬間でさえも、貴方《あなた》と私の楽しい思い出の一つになったのですから」

「…………」

彼は足を踏まれたことすらうれしそうにほほえんでいる。

厳しいだけの海斗《かいと》とは全く違うタイプの男性だ。無論、錬《れん》とも違う。

始終、優しげな笑顔を絶やさぬ忠志《ただし》の言葉と声音は、緊張した未來《みく》の心を少しずつ溶かしてくれるような、どこまでも甘く優しい響きがある。

――まるで、御伽噺《おとぎばなし》に出てくる王子様みたい。


素直に未來《みく》はそう思った。

こんな思いやりにあふれた兄を持ち、妹である悠那《ゆうな》はきっと誇らしいに違いない。

そんなことを未來《みく》が考えていると、ふと、忠志《ただし》は真剣な表情で話を切り出した。

「先ほどの話の続きですが……」

「先ほど?」

忠志《ただし》はまっすぐに未來《みく》を見つめ、そこで一旦、言葉を句切る。

「…………」

その表情から、すぐに深刻な話だと察した未來《みく》は、彼が再び自分から口を開くまで言葉を挟むのを控えた。音樂《おんがく》に合わせて、二人は黙したまましばらく踊り続ける。

やがて忠志《ただし》は意を決したように、重い口を開いた。

「……軍隊入りの話です。実はもう配属が決まっておりまして……これからは貴方《あなた》と同じ帝都を護《まも》る仕事になります」

「そ、そうだったんですか！　ボクもこの間、神憑《かみつき》特殊桜小隊に入隊したばかりなんです。それで、忠志《ただし》様はどちらの隊に配属なされるのですか?」

忠志《ただし》はもう一度未來《みく》を見つめた。そして、未來《みく》の耳元にその端整な顔を寄せてささやく。

「えっ。神憑《かみつき》!?」

ハッとする未來《みく》の唇に、忠志《ただし》は人差し指を当てて微笑をこしらえた。

「まだ内緒です。妹も知りません。知っているのは、父と貴方だけです」

「ボクにそんな大切な話をどうして？」

未來《みく》は首をかしげて忠志《ただし》の顔をのぞき込む。

だが、忠志《ただし》は曖昧《あいまい》にほほえむと、静かに首を横に振った。

「あまり貴方を独占していてはいけませんね。そろそろ、貴方の御兄様にお返ししなければ」

忠志《ただし》はそう云《い》いながら、舞踏場の壁際へと視線を向ける。

未來《みく》もつられてそちらを見やった。

「!?」


――か、海斗《かいと》兄様!?　あんな壁際に一人でどうして？


気づかなかった。いつからあそこにいたんだろう。

「彼のあんな姿を見ると幼い頃を思い出します。御兄様は貴方のことがよほど御心配なのでしょう。私にも妹がいますから、彼の御気持ちはよくわかります」

「はぁ……」

忠志《ただし》の言葉に、未來《みく》は曖昧《あいまい》な表情でうなずいた。本当になぜ兄があんな場所に一人でいたのか、それが気になって仕方がない。

「貴方方《あなた》、御兄妹《ごきょうだい》は、血のつながりは無いのでしたね」

「はい？　あ、ごめんなさい……もう一度、お願いします。兄様に気を取られていて……」

未來《みく》が忠志《ただし》に向き直った丁度そのとき、舞踏場に響いていたワルツが最後の音を奏で止んだ。

軍樂隊《ぐんがくたい》による演奏が次の曲に切り替わるまでのわずかな間に、忠志《ただし》は未來《みく》の手を取ったまま、唐突に踵《きびす》を返して、つかつかと歩き始める。

「えっ。あの、忠志《ただし》様？」

忠志《ただし》がとまどう未來《みく》の手を引いて強引に向かう先には、仏頂面の兄が立っている。

当然、海斗《かいと》もこちらに気づいているはずだった。

忠志《ただし》はつないでいた未來《みく》の手を、海斗《かいと》の目前に差し出しながら、おもむろに云《い》った。

「どうか御許しを。私が半《なか》ば強引に、貴方の大切な妹さんを御誘いしました」

深々と頭を下げ、忠志《ただし》は自らの非礼を詫びた。

「海斗《かいと》兄様……あ、あの、これには事情が……」

未來《みく》はどうにも落ち着かない。兄は冷静沈着に見えて、結婚の一言でご乱心する人なのだ。

「そういうことか……」

「ええ、そういうことです。御兄様」

腕組みしたまま不機嫌そうにつぶやく海斗《かいと》に、忠志《ただし》は穏やかなほほえみを返した。

「お前に兄と呼ばれる筋合いは……まだ無い」

「まだ、ということは、いずれ許可して頂ける可能性もあるということですね？」

「どうだかな」

そう云って海斗《かいと》はまるで大切な物を奪い返すかのように、未來《みく》の手をぐいと力強く引き寄せた。忠志《ただし》はその海斗《かいと》の行動を確認すると、未來《みく》が振り返る肩越しに、兄妹を気遣うようにほほえんで無言で一礼する。

「あのう、兄様。忠志《ただし》様の御相手はもういいの？」

「ああ、もういい」

ぶっきらぼうに応《こた》える海斗《かいと》に、未來《みく》は心の底から安堵《あんど》した。よかった、死人は出なかった！

「たまにはこんな余興に付き合ってやるのもいいだろう」

未來《みく》の心配を余所に海斗《かいと》はため息交じりにそう告げ、左手で未來《みく》の手を引き寄せると、その腰にそっと手を添え、軽やかにステップを踏み始めた。

強引だが的確な海斗《かいと》のリードに、未來《みく》は目を丸くして兄の顔を見上げる。

「びっくり……兄様って、踊りうまいんだ」

家庭教師や忠志《ただし》を相手にしていたとき以上に、まるで自分の背に羽が生えたように、自然と伸びやかに舞うことが出来る。

踊る相手が替わっただけで、こんなにも違うものだろうか。

「今頃気づいたのか。世辞はいいから脚さばきに集中しろ。良い機会だ。社交術もダンスも俺が完璧に仕込んでやる」

「いいけど……でも海斗《かいと》兄様、教えるの下手だから」

海斗《かいと》は未來《みく》を見つめ、未來《みく》もまた海斗《かいと》を見つめた。

「そうか？」

そう応《こた》えた海斗《かいと》のなんとも云《い》えない微妙な表情を間近に見て、未來《みく》は踊りながら噴き出してしまう。御伽噺《おとぎばなし》に出てくる王子様には程遠いが、武骨な兄の優しさが今の未來《みく》には泣きたくなるほどうれしかった。

苦手な社交術やダンス、そして桜大幣《さくらおおぬさ》も、このどこまでも不器用な兄が懇切丁寧《ていねい》に教えてくれると云うのだから、いつかきっと出来るようになるだろう。

今夜の舞踏会は、未來《みく》にとって忘れられない思い出となりそうだ。

二人は夜がふけるまで、鹿鳴館《ろくめいかん》の舞踏場の床に美しい弧を描きながら踊り続けた。

✿肆幕

怪奇御影様教団

――かいきおかげさまきょうだん――

第一場

カタカタと乾いた音を立てて、天井につるされた天井扇《シーリングファン》がゆっくりとよどんだ空気を攪拌《かくはん》しながら旋回していた。

帝都桜京《おうきょう》の中心部に位置する近衛《このえ》師団本部内、神憑《かみつき》特殊桜小隊の隊長室に召集された未來《みく》、錬《れん》、鈴《りん》の三人は隊長室の扉をノックする。

「初音未來《はつねみく》、入ります！」

「鏡音姉弟《かがみねきょうだい》、入ります！」

すぐに室内から「入れ」と返答があった。

「失礼します!!」未來《みく》が扉を開け、その後に錬《れん》が鈴《りん》の手を引きながら続く。

部屋の正面奥、執務机にいる海斗《かいと》に未來《みく》たちは敬礼。

海斗《かいと》のすぐ傍《かたわ》らには副隊長の鳴子《めいこ》が、すっと背筋を伸ばした姿勢で後方に手を組んで立っていた。

海斗《かいと》は全員揃ったのを見届けてうなずく。

「諸君らを呼んだのは他でもない。最近、この帝都の街から若い女性の行方不明者が多く出ていることはお前たちも知っているな？」

未來《みく》と錬《れん》は顔を見合わせ、再び正面を向いて同時にうなずいた。

鈴《りん》と鈴《りん》の人形は上を見ている。天井扇が気に入ったのかもしれない。

そんな鈴《りん》を意に介さず、海斗《かいと》は言葉を続けた。

「先達《せんだつ》ての九条蘭《くじょうらん》もその一人と思われる。だが彼女の場合はあの後、我々に保護され、今は軍病院の保護下にあり事なきを得ている。しかし他の生徒たちは依然、行方不明のままだ」

錬《れん》が挙手して口を開く。

「でも、この帝都で人がいなくなるのは、そんなに珍しいことじゃないよね」

「嗚呼《ああ》、そうだ。しかし最近はなぜか若年層の女性に被害が集中している。そこで、とある宗教団体を調査していたところ、言葉巧みに若い女性をだまして教団に連れ去っているということが判明した」

「わかった、海斗《かいと》兄。その悪い教団を僕らでぶっ潰すんだね！」

期待に瞳をキラキラと輝かせ、錬《れん》は拳を力強く握り締める。

かわいい顔をしているが、正義の名においては意外に物騒なのがこの少年だ。

「いや、おそらく末端信者の多くは事件とは無関係の善良な市民たちだろう。元々、この宗教団体は、奉仕活動をする人たちが集まってできたものだからな。悪事に加担しているのは、教祖と一部の幹部に違いない。その辺りの証拠固めに、鳴子《めいこ》は引き続き潜入調査を続けてくれ」

海斗《かいと》の説明に、彼の傍らに控える鳴子《めいこ》が静かにうなずく。

「じゃあ、僕らは何をすればいいの？」

錬《れん》の問いに海斗《かいと》は即答する。

「お前たち三人は、街や學校《がっこう》で、その宗教団体『御影様《おかげさま》教団』について、できるだけ情報を収集し……」

「お、御影様教団⁉」

海斗《かいと》の言葉を遮《さえぎ》るように、突然、未來《みく》が素《す》っ頓狂《とんきょう》な声を上げた。未來《みく》に皆の視線が集まる。

未來《みく》はハッと慌てて自分の口元に手を当てた。

「どうした、未來《みく》。この教団に何か思い当たることでもあるのか？」

「最近、流歌《るか》さんが『体験入信』したって云《い》ってた教団です。ボクも入信を勧められました」

イキイキと教団の引札《ひきふだ》配りをしていた流歌《るか》の姿を未來《みく》は思い出す。

「……まさか、お前たちまで入信したわけではないだろうな？」

未來《みく》は首を横に振った。

錬《れん》と鈴《りん》も首を横に振った。

人形は天井を見上げたままだ。

海斗《かいと》は額に手を添えてうつむくと、深いため息を漏らした。

「また一人、やっかいごとが増えたか」

「また一人？」

小声でつぶやいた海斗《かいと》のぼやきに、未來《みく》が首をかしげる。

「いや、こっちの話だ。お前たちには関係無い。作戦を一部変更する。未來《みく》、錬《れん》、鈴《りん》。お前たちは、俺たち以外の神憑《かみつき》特殊小隊に捕まって面倒なことになる前に、巡音流歌《めぐりねるか》を保護。そして可能ならば、彼女から教団の情報を訊《き》き出してくれ。まあ、体験入信しただけでは、大したことは知らないだろうが……」

「承知しました！　みるくほうるカフェへ直行し、彼女を『保護』します！」

流歌《るか》が犯罪の片棒をかつがされる前に、彼女を助けなければならない。彼女のことだから、悪事に荷担しているのにも気づかず、親切心から自ら率先して手伝ってしまいそうだ。

「頼んだぞ。くれぐれも先走って、単独で御影様《おかげさま》教団に乗り込んだりするなよ。俺からは以上だ。下がっていいぞ」

「はっ！」

未來《みく》と錬《れん》は唇をきゅっと結ぶと、軍靴の踵《かかと》を揃えて敬礼した。

第二場

「僕、今回の任務、なんか厭《いや》だなあ。流歌《るか》姉が悪い教団の信者になっていたら、僕らの敵になっちゃうの？」

隊長室で作戦会議を終えて外に出た途端、錬《れん》は頭の後ろで両手を組みながら不満そうにつぶやいた。今にも雨が降り出しそうな鈍色《にびいろ》の雲翳《うんえい》を見上げ、切なそうなため息をつく。

「敵になんかならないわ。流歌《るか》さんはだまされて体験入信しただけなんだから。それに、鳴子《めいこ》姐《ねえ》の調査で御影様教団が悪い教団だってわかれば、流歌《るか》さんだって教団から抜けると思うし」

「宗教にはまった人を説得するのはそう簡単じゃないよ、未來《みく》姉」

錬《れん》は心配げな瞳を未來《みく》に向ける。

「流歌《るか》さんは『初回特典』とかそういうのが欲しくて体験入信しただけだもん。信仰心とかちっとも無さそうだったし。きっと大丈夫よ」

未來《みく》は記憶をたぐり寄せながら、流歌《るか》と交わした会話を思い出す。

確かに彼女は引札《ひきふだ》を配り、しきりに教団の素晴らしさについて熱く語ってはいたが、あれはただ単に、『特典』が欲しいだけの顔だった。

「じゃあ、流歌《るか》姉が僕らの敵になることはないんだね？」

「勿論《もちろん》。だから流歌《るか》さんにもう教団には近づかないようにって説得するの。それが今回のボクたちの任務」

「わかった！　悪い教団にだまされている流歌《るか》姉を、僕らで助けるんだね⁉」

沈んでいた錬《れん》の瞳がいつもの輝きを取り戻すと、未來《みく》も安堵《あんど》したようにほほえむ。

「そういうこと。でもせっかくカフェに行くんだから、ボクらのお昼ご飯もついでに済ませちゃおうか。二人は何が食べたい？」

保護と腹ごしらえが出来るのならば一石二鳥だ。

「僕、ミルクたっぷりのみるくほうるコロッケ！」

すっかり機嫌を直した錬《れん》はスキップしながら即答する。

「嗚呼《ああ》、あれおいしかったよね。鈴《りん》もそれでいい？」

〈コロッケ！〉

よほど気に入ったのか、鈴《りん》の抱いた人形も即答した。

「じゃあ、今日のお昼はそれで決まりね」

その言葉に錬《れん》も鈴《りん》の人形も、わーいと歓喜の声を上げる。心なしか鈴《りん》の表情も綻《ほころ》んで見えた。

「ほら、未來《みく》姉、早く早く！」

先を行く錬《れん》が急《せ》かすように未來《みく》に声を掛けると、大きな字で『みるくほうる』と書かれたカフヱの扉をいつものように押し開けた。

「いらっしゃいっ！」

カランと鳴り響くカウベルの音に威勢の良い声で迎えてくれたのは流歌《るか》ではなく、この店を女手ひとつで護《まも》ってきた店長だ。

「こんにちは、おばさん。三人、座れます？」

未來《みく》は店長に挨拶を返しながら店内をさっと見渡した。

昼時のせいか店はいつになく大勢の客でにぎわっている。一般客に未來《みく》と同じ近衛《このえ》師団の軍人たちも交じり、外にある露台《バルコニー》の席までいっぱいだ。

「ごめんよ。ご覧の通り、あいにく満席でね。しばらく待つことになるかも知れないけど、相席でもかまわないかい？」

店長はやや早口で云《い》いながら、入り口付近で空席を待つ客たちに視線を向ける。未來《みく》もそちらを振り向くと、ステッキを握った老紳士や書生風の男性、他にも何組かの親子連れが順番待ちをしていた。

「どうする？　結構、待つみたいだけど」

未來《みく》は空席待ちの最後尾に移動しつつ、双子の姉弟《きょうだい》に訊《たず》ねる。

「いいよ、僕、待つ」

〈鈴《りん》モ待ツ〉

目の前で空席待ちをしていた男が、ギョッとした面持ちで鈴《りん》の抱いている人形を見つめた。

今、人形がしゃべったぞと妻の肩をたたいて驚く夫に、妻は怪訝《けげん》そうな顔を向ける。

そんなやり取りを気の毒そうに見やりながら未來《みく》は店長に応《こた》えた。

「この子たちも待つって云《い》ってるし、ボクも待たせてもらいます」

「そうかい？　悪いねえ、未來《みく》ちゃん」

すまなそうな表情を浮かべる店長に、気にしないでくださいと口にしながら、未來《みく》はもう一度、ぐるっと店内を見廻《みまわ》した。

いつもならどんなに店が混んでいても、調理人を兼ねた店長が厨房から出てくることはほとんどない。女給を雇うようになってからは、客を席に案内したり料理を運んだりするのは、その女給である流歌《るか》の役割だ。

それなのに、こんな忙しそうな日に限って、彼女の姿がどこにも見当たらない。

嫌な予感が胸をよぎり、未來《みく》は息を呑《の》んだ。

「おばさん、今日は流歌《るか》さんの姿が見えませんけど、どうかし……」

「おおっと、いけないいけない！　あたしゃ、のんびり立ち話をしている場合じゃなかったよ。こいつを運んじまわないと、せっかくの料理が冷めちまう！」

流歌《るか》の所在を訊ねようとした途端、店長は何かにはじかれたように踵《きびす》を返すと、窓際のテーブル席で新聞を読みながら料理を待っている客の処《ところ》に急ぎ足で行ってしまった。

「あ……」

呼び止めようと伸ばした未來《みく》の右手が空を切る。

「おばさん、一人で忙しそうだね。流歌《るか》姉、こんなときにどこ行ったんだろう？」

背伸びして店内を見渡している錬《れん》に未來《みく》は小声でささやく。

「どうしようか。流歌《るか》さんがいないんじゃ、任務にならないし」

万事休す、二人で途方に暮れていると、丁度店長が向かった先のテーブルで、客が流歌《るか》について質問を始めた。未來《みく》と錬《れん》は顔を見合わせ、当然のごとくその会話に聞き耳を立てる。

「なあ、おばちゃん、今日はあのドジな女給を見かけないけど休みなのかい？　俺、あの子目当てでこの店に来てるんだけど」

――ドジな女給……。

確かになんの凹凸《おうとつ》もない平坦な床で幾度となく転ぶのは、もう彼女の特技と云ってもいい。なんでも三日もあれば店内の食器が全て入れ替わるとか、いつ店が潰れるか等々……。噂が噂を呼び、流歌《るか》の見事なこけっぷりをわざわざ見物に来る物見遊山《ものみゆさん》の客も多いらしい。

もしかしたらこの男性もそんな客の一人なのかもしれない。

「すまないねえ。あの子は今、ちょっといないんだよ」

店長は肩をすくめて曖昧《あいまい》に言葉を濁す。どんなことでもずばずばと歯に衣着せぬ物言いをする店長にしては、珍しく歯切れの悪い返答だ。

「なんだ休みかよ、ついてないなぁ」

おいしそうな料理を目の前にしながらも、男性は心底残念そうにつぶやいた。

その会話を聞いていた周囲の客たちまで、あからさまに首を横に振り、いかにも残念そうに深いため息を漏らしている。

どうやら、物見遊山《ものみゆさん》の客は一人や二人どころの話ではないようだ。

まさかとは思うが、この店の混みようは、みんな流歌《るか》目当てなのだろうか？

「なんだいなんだい、皆あの子が目当てかい？　あたしが転ぶんじゃ駄目かい」

店長が空のトレイを空中に放り投げるような振りをして、おどけたポーズをとると、店内の客たちは揃って笑い出した。そんな中、唐突に錬《れん》が叫ぶ。

「僕、わかった！」

未來《みく》はぎょっとして横にいる錬《れん》を見た。

「流歌《るか》姉のことだから、お皿を割りすぎてクビになったんだ！」

「れ、錬《れん》っ！」

未來《みく》は慌てて錬《れん》の口を両手で塞《ふさ》いだ。未來《みく》の腕の中で錬《れん》がじたばたともがく。

いかにもありそうな話なので、誰もがその話題には触れようとしなかったのに。

未來《みく》は錬《れん》の口元を手で押さえながら、おそるおそる横目で店内の様子をうかがった。

嗚呼《ああ》、やっぱり空気が凍り付いている……。

これで流歌《るか》目当ての客足が遠のいたらどうしようなどと未來《みく》が思いを巡らせていると、場の雰囲気を一変させるかのように店長が笑う。

「あっ、あの子には、『おつかい』を頼んだんだよ。もうじき戻ってくるはずなんだけどねえ。なにしろほら、あの子のことだから、いつ戻ってくるやら……」

「なんだ、おつかいか～」

間の抜けたような声があちこちから上がり、流歌《るか》目当てと覚《おぼ》しき客たちは、皆ほっと胸をなで下ろす。未來《みく》も錬《れん》の口元を押さえていた手を離すと、解放された錬《れん》は再び口を開いた。

「ぷはっ！　もうなんだよ未來《みく》姉、いきなり口を押さえるなんてさ！」

「ごめんごめん、だって錬《れん》ったら、突然あんな洒落《しゃれ》にならないこと云《い》うんだもん、吃驚《びっくり》しちゃったよ。ね、鈴《りん》？」

鈴《りん》の人形は未來《みく》の言葉にこくりとうなずく。

しかし錬《れん》の暴走はこれだけでは終わらず、またもや突拍子もない提案を口にした。

「ねえ、未來《みく》姉、おばさん一人で大変そうだから、流歌《るか》姉が戻ってくるまで僕たちで手伝ってあげようよ」

未來《みく》は再び錬《れん》の顔を注視する。

「ボ、ボクらでこの店を？」

錬《れん》が真剣な眼差《まなざ》しで未來《みく》を見つめる。

「帝都の住人が困っていたら助けてあげるのが、僕ら帝國《ていこく》軍人のお役目なんだから、当然だよ」

確かに錬《れん》の云《い》う通り、神憑《かみつき》特殊桜小隊という影憑《かげつき》を倒すために存在する未來《みく》の部隊は、その影憑が現れない限りは、帝都の警備や人助けを自主的に遂行することになっている。

たとえば、先週は街中の『どぶさらい』をした。

その前の週は、雨漏りする家の屋根を修繕した。

神社にある大きなスズメバチの巣も駆除したし、一人暮らしの老人や病人の家を廻《まわ》って介護にも勤《いそ》しんだ。

およそ軍隊とも思えぬ仕事ばかりであったが、それは帝都が平和であるという証拠。

未來《みく》自身も影憑と戦うよりは、街の住人の手助けをしていた方が、ずっと自分の性に合っているような気がしていた。未來《みく》の隣にいる『正義』を行動理念とする少年も、困っている人を見かけるとどうしても放ってはおけない性格だ。

「そうだね。錬《れん》の云う通り、流歌《るか》さんが戻ってくるまで、ボクたちでこのお店を手伝ってあげようか」

ワンパクだけど心優しき少年を未來《みく》は心の底から誇らしく思った。

第三場

「僕、お店を手伝うの厭《いや》だあああーっ！」

突如、店内に世にも情けない声が響いた。

未來《みく》たちは店の奥の部屋を借りて着替え中。隙《すき》あらば逃げようとする錬《れん》の襟首をむんずと引っ捕まえて未來《みく》はしかる。

「さっきと云ってること違うじゃない！　駄目よ、男の子が一旦云ったことをそう簡単に取り消したりしたら！　錬《れん》が最初に云い出したことでしょ！」

未來《みく》も鈴《りん》も、すでに女給服に着替えを済ませている。あとは錬《れん》だけだ。

「カフヱは手伝うって云ったけど、なんで僕まで『女給服』なんか着なくちゃいけないの⁉」

「だってこれしか服がないんだもの。それに、おばさんが云ってたでしょ、お客様の中には軍人をよく思ってない人もいるから、いらぬ問題を起こさないように、ちゃんとコレに着替えてくれって」

往生際《おうじょうぎわ》悪くじたばたと暴れる錬《れん》を押さえつけながら、未來《みく》はやっとのことで錬《れん》に女給服とタブリエを着せることに成功する。

——思った通り、すっごくよく似合う、錬《れん》！

何か新しい扉を開いてしまいそう。

錬《れん》と鈴《りん》の姿がまぶし過ぎて、未來《みく》は思わず目を細めながら、心の中で感嘆した。

こうしてお揃いの服装で仲良く並んでいると、さすがは双子、二人ともぎゅううっと抱きしめたくなるくらいに愛らしい。

あまりにかわいすぎて、屋敷に戻ってもこの恰好《かっこう》でいてほしいくらいだ。

「に、日本男子たるもの、こんな恰好で人前に出られないよ！　もし級友にでも見られたら明日から僕、學校《がっこう》行けない」

錬《れん》は唇をとがらせると、頬《ほお》を桃色に染め、つんっとそっぽを向く。

自分から云《い》い出したことをすでに後悔し始めている表情だ。


——嗚呼《ああ》、可愛《かわい》い。


思わず出かかった言葉を呑《の》み込むと、未來《みく》は気合いを入れるように錬《れん》の背中を軽くたたいた。

「大丈夫よ！　どこから見ても女の子にしか見えないし、誰にも錬《れん》だなんてわからないから。だって、すごく似合ってるもん。ぷ」

「『ぷ』って何!?」

口元を押さえて顔を背ける未來《みく》に、錬《れん》は涙目で抗議する。

「ごめん、錬《れん》。でも本当、似合いすぎてて……くくく……」

「似合ってるから厭《いや》なんだよ！」

錬《れん》は羞恥《しゅうち》に真っ赤になった顔を両手で隠しながら嘆く。

どうやら錬《れん》自身、似合っているという自覚はあるらしい。未來《みく》はこれ以上噴き出さないように再び口元を手で押さえて顔を背けるが、どうしても肩が笑ってしまう。

「三人ともまだ支度に手間取ってんのかい？」

なかなか奥の部屋から出てこない未來《みく》たちにしびれを切らした店長が、様子をうかがいに厨房からやってきた。そして女給服に着替え終わった未來《みく》たちを一目見るなり、両の手をたたいて絶賛する。

「なんだい、三人ともよく似合ってるじゃないか。錬《れん》ちゃんなんて、あたしの若い頃にそっくりだよ！」

感動に打ち震える店長が三人を抱きしめると、まるで魂の抜けたような顔で、錬《れん》はがっくりとうつむいた。

「そういえば以前はこの帝都にも、あんたたちみたいに人助けに命を賭けていた人がいてねえ。ちょっと変わった人だったけど、よくあちこち行っては困っている人を助けて廻《まわ》っていたものだよ。最近はもう見かけなくなっちまったけどさ……かなりのお年だったから、もう亡くなっちまったのかもしれないねえ……」

店長は昔を懐かしむような顔で云った。

「ちょっと変わった人って、どんな人だったんですか？」

「ん？　ああ、変わったっていうか……まあ、一言で云《い》うとね、『忍者』だったんだよ」

——忍者⁉

最近、どこかで聞いたことがあるような？

「さあ、さあ、ぼけっとしてないで。やってもらうからには、しっかり働いてもらうからね。早速、日本酒に蒸氣《じょうき》ブランとビフテキ、中央の席へ運んでおくれ！」

店長の言葉に未來《みく》は姿勢を正すと大きくうなずいた。

「は、はい。ただいま！　ほら、錬《れん》。覚悟を決めて、一緒に働こう？」

恥ずかしそうにタブリエの裾《すそ》をつかんで、もじもじしている錬《れん》を、未來《みく》は促す。

「う、うん、でもやっぱり僕……」

「こら。困っている人を助けるのが、錬《れん》の『正義』なんでしょう？　錬《れん》は今、立派なことをしようとしているんだから、胸を張らなくっちゃ！」

未來《みく》は店長から料理の載ったトレイを受け取り、それを錬《れん》に手渡す。

「僕がいま正《まさ》に、その困ってる人だよ……」

錬《れん》はしぶしぶとトレイを受け取りながらうつむき加減につぶやく。

「いつまでもそんな顔してちゃ駄目。お客様の前では愛想良くにっこりとほほえまないと。それと、料理は落とさないように気をつけて運ぶんだからね」

「ううっ。わかったよ。未來《みく》姉も知ってる人が店に来ないように祈っててよね」

ようやく覚悟を決めたのか、錬《れん》は重い足取りで店内中央へと歩いていく。はき慣れない袴《はかま》がとても歩きづらそうだ。

「未來《みく》ちゃん、あんたは客から注文を取ってきておくれっ」

「はい、店長！」

未來《みく》は元気よく敬礼。伝票を片手に、錬《れん》の背中を追うように店内中央へと小走りに向かう。

すると、先に向かっていたはずの錬《れん》が、途中で棒立ちになっている。


——どうしたんだろう？


早くも何か失敗でもやらかしたのだろうか。

未來《みく》は心配そうに錬《れん》の背後に近づくと、その顔をのぞき込むように声を掛けた。

「どうしたの、錬《れん》？」

「お前たちはいつから女給に転職したんだ？」

そう応《こた》えたのは錬《れん》ではない。

固まったまま立ち尽くす錬《れん》のすぐ横のテーブル席に鎮座しているのは、青藍《せいらん》の軍服を着た男。

その対面には、深紅の軍服をまとった美女が同席している。

どちらも未來《みく》たちにとってはよく知る、その顔——。

「か、海斗《かいと》准佐《じゅんさ》⁉　それに、鳴子《めいこ》少尉も……来てたの？」

錬《れん》が初めて料理を届けた客は、よりによってこの二人組だったようだ。

青い顔で冷や汗をだらだらと流して錬《れん》が硬直しているのは、仕事開始早々、一番恐れていた『知り合い』に女給姿を見られてしまったのが原因に違いない。

「お前たちに与えた任務はどうした？」

「見ての通りです！」

未來《みく》は平らな胸を誇らしげに張った。

「見てわからないから訊《き》いているんだ」

「え⁉　えーっと、それはかれこれこういう理由で……」

未來《みく》は他の客に聞かれぬよう、海斗《かいと》と鳴子《めいこ》に今までの経緯を小声で説明する。

「なるほどな。かれこれそういう理由ならば致し方ない」

海斗《かいと》はうなずく。

「でも未來《みく》も錬《れん》もなかなか似合っているわよ——あら、えらいえらい。鈴《りん》も手伝っているのね」

いつの間にか未來《みく》のすぐ後ろに居る鈴《りん》を見て鳴子《めいこ》が云《い》う。一人だけ置いていかれたと思ったのか、鈴《りん》は慌ててカルガモの雛《ひな》のようについてきたようだ。ただ、文化人形の他には何も持っていない。

店長も鈴《りん》が何もできないのがわかっているのか、彼女にはこれといった指示を出さずにいる。

「錬《れん》、ごめん……もう奥で休んでていいよ」

未來《みく》は、料理の載ったトレイを両手に持ったまま放心している錬《れん》からトレイを受け取って、代わりに料理をテーブルに並べる。

「……未來《みく》姉、人助けって『正義』なんだよね？」

錬《れん》は、うつろな瞳で口を開いた。

気弱な声でつぶやく錬《れん》に、未來《みく》は力一杯、うなずいて見せる。

「う、うん、そうだよ、錬《れん》！　ボクたちは今正しいことをしているのよ」

「あははは……じゃあ、まだ頑張るよ、僕……」

何かを吹っ切ったように、錬《れん》は顔を上げた。

第四場

「ほれ、コロッケ揚がったよ！」

「は、はい、店長！」

「白玉しるこ、一丁上がり！」

「はいっ！」

「珈琲《コーヒー》とスヰ《イ》ートポテトースは二階席。ライスカレーに、ゑ《え》びあられと抹茶は、まとめて、ピアノ横の席に早く持ってっておくれ！」

「承知！」

カフヱの仕事は想像以上に大変だった。お昼時が一番混んでいるとはいえ、未來《みく》は早くも頭がパンクしそうだった。普段これを流歌《るか》が一人で全部やっているのだから、三人もいれば楽勝だと思っていたのに……。

とんでもなかった。ここは第二の戦場だ。

──流歌《るか》さんって、いつもこんなに大変だったんだ……。

客から代金を受け取り、食器を片付け、テーブルを拭き、注文を受けて料理を運んで、それを何度も何度も繰り返す内に目が廻《まわ》ってきて、だんだんと店内を駆けずり廻るのが仕事のように思えてくる。いつもお客の側だった未來《みく》は素直に感心すると、改めて店内を見廻した。

大切な何かを捨て、すっかり吹っ切った顔の錬《れん》は、初めの頃とはまるで性別まで変わって──。

否《いや》、人が変わったように愛想良く接客している。

幸い海斗《かいと》たち以外、錬《れん》が男の子だと気づいた者はいないようだ……多分。

ただその一方、鈴《りん》は相変わらず文化人形を抱きしめたまま、未來《みく》か錬《れん》の後ろをついて歩くだけ。戦力外だが、しかしこればかりは仕方ないと諦《あきら》める他ない。

「大変そうね。お昼の間だけでよければ、あたしたちも手伝うわ」

昼間からアルコール──手にした日本酒を呑《の》み干した鳴子《めいこ》が、すぐ横を走り抜けようとした未來《みく》に声を掛ける。

「えっ、め、鳴子姐《めいこねえ》、その恰好《かっこう》は⁉」

「どう？　似合うかしら」

どこでいつの間に着替えたものか、鳴子《めいこ》は女給服でポーズを決める。

まるでこちらが本職のようだ。

「鳴子姐《めいこねえ》……御影様《おかげさま》教団の潜入調査に戻ったんじゃないんですか？」

未來《みく》は鳴子《めいこ》の耳元で小声で訊《たず》ねる。

「勿論《もちろん》、すぐにまた戻るわよ。昼は學校《がっこう》の教師にもならなきゃいけないし、夜は花街にも行かなきゃいけないしで……まったく、軀《からだ》ひとつじゃ足りないわ」

鳴子《めいこ》はそう云《い》って笑うと、大袈裟《おおげさ》に肩をすくめた。

その傍《かたわ》らで、海斗《かいと》が軍服の上着をおもむろに脱いで立ち上がる。


——⁉


「まさか⁉　海斗《かいと》兄様まで？」

「まさかとはなんだ。妹や弟たちが目の前で働いているんだ。俺たちだけ暢気《のんき》に食事というわけにもいかないだろう」

「え、じゃあ、奥の部屋に女給服があるから、海斗《かいと》兄様も着替えを……」

「お前は俺に切腹しろとでも云うのか。あんな物に袖を通してみろ、青音《せいね》家末代までの恥だ」

えている。

そう海斗《かいと》が云《い》ったその直後、店の入り口のカウベルが慌ただしく鳴り響いた。振り向くと、店を飛び出そうと扉を開けた錬《れん》を、間一髪で店長が羽交い締めにして取り押さえている。

――嗚呼《ああ》、せっかく錬《れん》が、良い具合に吹っ切れていたのに！

「……着替えはいいです。でも、海斗《かいと》兄様がお客様から注文なんてとれるの？」

「何を云っている。俺を誰だと思ってるんだ。その程度のことが出来ずして帝都の平和が護《まも》れるか。見ろ、早速、客が来た」

そこで見ていろと云わんばかりに、海斗《かいと》は颯爽《さっそう》と踵《きびす》を返し客を出迎える。

最初の犠牲者――否《いや》、お客様は中肉中背の男性一名。

おそらくはこの客も、流歌《るか》目当てで来たのだろう。店の中に入るなり、あからさまにきょろきょろと誰かを捜すような、不審な目つきで店内を見廻《みまわ》している。

「貴様は客か？　可及的《かきゅうてき》速やかに俺の質問に答えろ」

いきなり目の前に立ちはだかるように現れた無愛想な軍人に、中年男性は面食らったように訊《き》き返した。

「だ、誰ですか、あんたいったい」

「質問しているのはこの俺だ。貴様はただ聞かれたことだけ答えればいい。客ならばそこの空いている席に座れ」

海斗《かいと》は近くのテーブルを指さした。そのテーブルではまだ他の客が食事をしていたが、海斗《かいと》と視線が合った途端、その客はビクッと肩を震わせ、慌てて荷物をまとめて席を立つ。

空いたばかりの席に、海斗《かいと》はまるで捕虜を連行するように先ほどの男を座らせた。

「よし、座ったな。現時刻をもって貴様を客と見なす。命が惜しければ注文を云え」

「あのう、今日は流歌《るか》さんは？」

「流歌《るか》などという料理は当店には存在しない」

「えっ、あ、じゃあ、本日のおすすめランチを……」

男は壁にある手書きの張り紙を見ながら、衣嚢《いのう》から取り出した洋巾《ハンカチ》で冷や汗を拭う。

「本日のおすすめランチだと？　貴様、日本男児のくせに人からすすめられなければ、自分の食事すらまともに決められんのか、嘆かわしい！」

「ちょ、ちょっと、な、なんなんですか、このおっかない人は⁉」

男は完全におびえた表情で、ガタタッと椅子《いす》を後ろ手に引き立ち上がった。呆気《あっけ》にとられたように口を開けてその様子を眺めていた未來《みく》は、助けを求めて鳴子《めいこ》の腕にすがりつく。

「くっく……」

引きつった声に未來《みく》が恐る恐る顔を上げると、鳴子《めいこ》がお腹《なか》を押さえて笑いを堪《こら》えていた。

――だめだ、ボクがなんとかしないと。

未來《みく》は急いで海斗《かいと》と男性客の間に割って入った。

「お、お客様、大変失礼致しました。ボクが代わりにご注文を承ります。本日のおすすめランチですねっ？」

未來《みく》はこれ以上ないくらいに、愛想良くにっこりとほほえんで見せた。このままこの客に帰られたら、店の評判に関わる。

「おい、邪魔をするな。この客は俺が尋問中だ」

「接客中って云《い》ってくださいっ！」

「くっくっくっ……海斗《かいと》、もう充分楽しんだし、ここは未來《みく》たちに任せてあたしたちは任務に戻りましょ」

この喜劇のような有様を端で楽しげに見物していた鳴子《めいこ》が、ようやく助け船を出してくれた。まだ何かを云いかけている海斗《かいと》の腕を強引に引っ張り、そのまま店の外へと引きずっていく。

——二人とも、手伝ってくれるんじゃなかったの⁉

未來《みく》はどっと疲れてその場でガックリと肩を落とした。

第五場

「ふう……」

陽《ひ》が傾いてきた頃、ようやく客足が途絶えてくれた。

空いた客席に腰掛けながら未來《みく》は一息つく。海斗《かいと》と鳴子《めいこ》は一人接客しただけで帰ってしまったため、今店に残っているのは、店長と未來《みく》、鈴《りん》と錬《れん》の四人だけだ。

錬《れん》は泣き疲れたのか、店の奥のテーブルに突っ伏して、いつの間にか小さな寝息を立てている。その横にちょこんと座っていた鈴《りん》も、人形を抱きかかえたまま弟に寄り添うように眠ってしまっていた。その様子は、まるで仔猫《こねこ》か仔犬が身を寄せ合って眠っているように愛らしい。

「未來《みく》ちゃん、今日は早めに上がりにしようか？」

奥の席で眠っている双子を優しげな瞳で見つめながら店長は云う。

「え、まだ夕方ですし、大丈夫です。ボクたち、まだまだ頑張れます！」

店長の言葉に、未來《みく》は威勢良く返事をしてみせた。

「いやいや、お昼さえ乗り切ってしまえばね、あとは一人でもなんとかなるもんだよ。ところで、カフェの仕事はどうだったかい？　お客で来るときとは、随分と違うものだろう？」

「はい。思ったよりずっと大変でした。結局、ボクも何枚か、お皿割っちゃったし……」

「まあでも流歌《るか》よりは随分とマシだったよ。あの子だったら、三日もあれば店の皿を全部割ってしまいかねないからね」

あ、あの噂は本当だったんだ……。

未來《みく》は思わず、派手に転んで皿を割る流歌《るか》の姿を思い出した。

「そういえば流歌《るか》さん、なかなか戻ってきませんね。どうしたんだろう？」

「あ、いや、そのことなんだけどね……」

店長は頭を掻《か》きながら、云《い》いづらそうに視線を泳がせる。

「実のところ、あの子はクビにしちまったんだよ」

「クッ、クビ⁉」

未來《みく》はびっくりして立ち上がった。

その拍子に前と後ろに倒れそうになったテーブルと椅子を慌てて押さえつける。

「嘘《うそ》をつくつもりはなかったんだよ。でもあの大勢の客の前で、どうしても本当のことが云えなくてね……」

店長はすまなそうに未來《みく》たちに頭を下げる。

「ど、どうしてですか⁉　流歌《るか》さん、何かまずいことでもやったんですか？」

「いや、あの子があんまり景気よく皿を割ってくれるもんだから、あたしもつい勢いでクビだなんて云っちまったんだ。もちろん、クビにするつもりなんか毛頭なかったのに、あのときはあたしもついカッとなっちまってねえ……」

――流歌《るか》姉のことだから、お皿を割りすぎてクビになったんだ！

図らずも錬《れん》の云ったことが現実になってしまった。

第六場

店長から詳しい話を聞いた後、未來《みく》たちは流歌《るか》の住んでいる場所へ向かうことにした。

無論、店長の真意を伝えることと、そして本来の任務を果たすためだ。

カフヱの外に出ると、昼から崩れかけていた天気が、いよいよ本格的な土砂降りに変わろうとしていた。

未來《みく》たち三人は傘も差さず、カフヱの裏手へと廻《まわ》る。店長の話によれば、流歌《るか》はこのカフヱの地下倉庫を借りて住み込みで働いていたという。

「あったよ、未來《みく》姉。この階段を下りた処《ところ》が地下倉庫みたいだ」

錬《れん》がコンクリートの階段を指さした。降ってきた雨のせいで、その階段は流れ込んだ土や落ち葉で汚れている。

「知らなかった。カフヱの裏にこんな薄気味の悪い場所があったなんて——」

丁度、裏手にある桜の木に遮《さえぎ》られ、街灯の明かりもここまではほとんど届かない。

未來《みく》が先頭になって、雨で滑りやすくなった階段を慎重に一歩ずつ下りる。

その後ろに、錬《れん》と鈴《りん》が続いた。

「なんか薄暗くって、いかにもお化けが出そうな場所だね」

「錬《れん》、やめて。今、そういうこと云うの」

未來《みく》はピタッと立ち止まる。

錬《れん》は頭の後ろで手を組んで、とぼけるようにそっぽを向き、音のしない口笛を吹いている。

普段、影憑《かげつき》というとんでもない怪物と戦ってはいるが、未來《みく》にとって怪物とお化けは別物だ。

それを承知の上で、錬《れん》は女給服を着せられたことへのささやかな仕返しのつもりで脅かしたのだろう。

〈コノ辺ハ、昔、墓地ダッタンダッテ〉

唐突に鈴《りん》の抱きかかえた文化人形がつぶやく。未來《みく》はぎょっとして鈴《りん》の方を振り返るが、相変わらず鈴《りん》は、焦点の定まらない瞳でぼんやりとしているだけだ。

まるで他の人には見えない『何か』を見つめているようにも見える。

「本当なの鈴《りん》？　嘘でもいいから嘘って云《い》って」

〈未來《みく》姉ノ横ニイル人ガ、ソウ云ッテル〉

「ボクの横にいる人って誰⁉」

未來《みく》の後ろからは双子の姉弟《きょうだい》がついてきているが、横には誰もいない。

「鈴《りん》、そんな本当のこと云ったら駄目だよ。未來《みく》姉は怖がりなんだから」

未來《みく》の顔から、血の気がサ――――――ッと引いていく。

錬《れん》は悪ふざけではなく、本気で云っているらしい。

「未來《みく》姉、ごめん、怖がらせて。大丈夫だよ、僕たちが一緒についてるからさ」

真っ青になった未來《みく》を見て、慌てて錬《れん》が取り繕う。

「ここが墓地だったこととか、横にいる人とかは否定してくれないんだね、錬《れん》」

「だって、正義の味方は嘘をつけないんだ」

「…………」

否定してくれなかった。素直で正直すぎるのも考えものだ。

早いところ流歌《るか》さんが地下倉庫にいるかどうかだけでも確かめて店に戻ろう。

「未來《みく》姉。この階段、雨で滑るから気をつけたほうがいいよ」

錬《れん》がフラグを立てるようなことを云った。

「う、うん、錬《れん》たちこそ気をつけて」

階段はそう長くはないが、一段一段の幅が狭く、さらに傾斜が急になっている。こういうとき、下駄の歯が付いたブーツはちょっと歩きづらい。

「うわあ！」

「え？」

いきなり背後で悲鳴が上がった。

咄嗟《とっさ》に未來《みく》が振り返ると、錬《れん》がすでに手遅れな角度に前傾して両手をぐるぐると勢いよく廻《まわ》している。

「！！！！！」

未來《みく》が、あっと思ったときには遅かった。

錬《れん》が上から降ってくる。それを真似《まね》して、鈴《りん》も飛び降りてきた。

未來《みく》は悲鳴を上げる暇もなく、ゴロゴロと階段を転がり、そのまま地下倉庫の扉を突き破って、中まで転がり込んでしまう。

ズサ――――――――――――!!

「あいたた……気をつけてって云《い》ったじゃない、錬《れん》……」

「ごめん、今誰かに背中を押されて……」

「誰かって誰!?」

全身、一気に鳥肌が立った未來《みく》は思わず深く考えないようにする。

地下倉庫にあった洋燈《ランプ》を見つけ、錬《れん》は火を灯《とも》すと辺りを見廻《みまわ》した。

「……やっぱり誰もいないみたいだ。流歌《るか》姉、もう出てっちゃった後だよ」

そこは積み上げられたいくつかの木箱と、ひっそりと折りたたまれた一組の布団があるだけの寂しい部屋だった。部屋の隅に布団が残されていなければ、ここに人が住んでいたとは誰も信じないだろう。

天蓋《てんがい》付きの寝台で寝ている未來《みく》の生活とはあまりにもかけ離れすぎている。

「未來《みく》姉、これ見て!」

錬《れん》が背伸びをしながら、一番上の木箱の中をのぞき込んで叫ぶ。

慌てて手招きする錬《れん》の元へ、未來《みく》は急いで駆け寄った。

「何か手がかりでもあった？　あっ⁉」

木箱の中をのぞき込んだ未來《みく》は思わず声を上げる。

そこには、おびただしい数の割れた皿の破片が、ぎっしりと詰まっていた。

「まさか……この木箱の中身、全部そうなの？」

未來《みく》は改めて地下倉庫に積み上げてある木箱をぐるっと見渡した。

木箱の中身が全部同じならば、いったいどれだけの皿が彼女の犠牲になったのだろう。店長が思わず勢いで彼女にクビだと云ってしまったのも、これでは無理もないかもしれない。

しかし——。

未來《みく》は木箱の中から割れた皿の破片をつまみ上げて考える。

自らが割った皿の破片に囲まれて暮らしていた流歌《るか》の胸中とは、どんなものだったのだろう。もし未來《みく》だったら、こんな自分の失敗をいつまでも見せつけられるような部屋で暮らすなんて、とても耐えられそうにない。しかも昔、この辺りは墓地だったという。

——流歌《るか》さん、変に思い詰めていなければいいけど……。

「未來《みく》姉、どうする？　流歌《るか》姉が戻ってくるまでここで待つ？」

訊《たず》ねる錬《れん》に首を横に振り、未來《みく》は出ていった流歌《るか》を捜す手がかりになるようなものが何か残されていないだろうかと、彼女の唯一の持ち物である布団に近寄った。

「あら？」

たたまれた布団の間から、何かの紙が不自然にはみ出ている。未來《みく》はそれを引き抜いて手に取った。すぐに鍊《れん》が近づいてきて、手に持った洋燈《ランプ》でその紙面を照らす。
その紙は以前、流歌《るか》が商店街で配っていた宗教団体、御影様《おかげさま》教団の引札《ひきふだ》だった。
――どうしてこんな布団の間に引札が挟まって……？
不思議に思って、ふと、未來《みく》は引札を裏返す。

『今まで大変お世話になりました。捜さないでください』

それは流歌《るか》の置き手紙だった。
やはりもう、彼女はここには戻らないつもりなのかもしれない。

第七場

未來《みく》たちが置き手紙のことを手短に伝えると、店長は自分も心当たりを捜しにいくと云《い》い張ったが、この店で流歌《るか》が帰ってくるのを待つように説得して、未來《みく》たちはカフヱを出た。
「未來《みく》姉、僕たちはこれからどうするの？」

鍊《れん》が心配そうな顔で訊《たず》ねる。

「決まってるわ、流歌《るか》さんを捜しにいく。このまま会えなくなったら鍊《れん》だって厭《いや》でしょ」

「それは勿論《もちろん》そうだけど……でも、捜さないでくださいって置き手紙に書いてあったよ。捜さないでって云ってるのに、捜したら流歌《るか》姉がかわいそうだよ」

「んもー、乙女《おとめ》心をわかってないなぁ、あれは捜してほしくてそう書いたの」

鍊《れん》は元々真ん丸な目を、さらに丸くして未來《みく》を見上げた。

「えぇー。それなら素直に『捜してください』って書けばいいのに。これだから女って面倒くさいんだよなあ」

呆《あき》れ顔の鍊《れん》を急《せ》かして未來《みく》は歩き始める。

その後ろから、鍊《れん》に手を取られた鈴《りん》が、引きずられるようについてくる。

「でもさ、流歌《るか》姉がどこに行ったのか、未來《みく》姉には当てはあるの？」

「行きそうな処《ところ》を手当たり次第に捜してみる」

「行きそうな処って？」

未來《みく》は力なく肩を落とした。


……わからない。

毎日のように顔を合わせていたというのに、彼女の行きそうな場所のひとつも皆目見当がつかない。自分はこれまでいったい何をやっていたんだろう。未來《みく》は悔しさに唇を嚙《か》む。

「帝都中を虱潰《しらみつぶ》しに捜すしか無さそうだけど、もう帝都を出てたらどうするの？」

淡々と事実だけを錬《れん》は言葉にする。ただ闇雲《やみくも》に街へと飛び出した未來《みく》を見て、かえって錬《れん》は冷静になろうと努めているのかもしれない。

「そ、それは……」

未來《みく》は口をつぐんだ。

考えないようにしていた。帝都を出ていたら捜しようがない。帝都の砦《とりで》の外は、未來《みく》たちには完全に未知の世界だ。

もし流歌《るか》さんともう二度と会えなくなったりしたら……。

「未來《みく》姉、元気出して。流歌《るか》姉は僕たちを置いてどこかへ行ったりしないよ」

慰めるように云《い》う錬《れん》の手を、未來《みく》は祈るようにぎゅっと握り締めながらうなずいた。

第八場

夜の帳《とばり》が徐々に帝都の空を包み、瓦斯《ガス》灯の光がぽつぽつと通りを黄金と漆黒の二色に塗り分けていく。めぼしい手がかりも得られぬまま、時間だけが無情に過ぎていった。

何度か近衛《このえ》師団や憲兵隊に問い合わせてもみたが、案の定、収穫は無いに等しく、その後も帝都の街をあてもなく捜し廻《まわ》ったが、彼女の発見には至らなかった。

未來《みく》は空き地に雨ざらしになっている材木に腰を下ろし、ぎゅっと目を閉じる。

冷たい雨はやむどころか、また強くなってきた。

「大丈夫、未來《みく》姉？」

「ごめんね、錬《れん》、鈴《りん》。付き合わせて。二人とも疲れたでしょう？」

「ううん。未來《みく》姉が気が済むまで捜すのに付き合うよ。せめて、流歌《るか》姉の写真でもあれば、人に訊《たず》ねながら歩くにしても、もっと効率がよかったんだけどね」

「そうよね……」

未來《みく》はため息をつきながらうなずく。

撫子《なでしこ》色の髪に紫のリボンをした若い女性。

写真は無いが、手当たり次第、道行く人に流歌《るか》の特徴を説明しながら彼女の行方を捜した。

しかし、商店街はおろか、帝都桜京《おうきょう》駅、公園、神社、帝都桜京學院《おうきょうがくいん》にまで捜索の手を伸ばしたが彼女の姿はどこにもなかった。まるで『神隠し』か『影隠し』にでも遭ったかのように。

「ねえ、未來《みく》姉」

「ん、なあに、錬《れん》？」

「書き置きを残すのは、捜してほしいからだって未來《みく》姉は云ったよね？」

「うん……そうじゃない人もいるかもしれないけど」

少し気弱になっているかもしれないと思いながらも、未來《みく》は応《こた》える。

「流歌《るか》姉はどっちだと思う？」

「ん……捜してほしいと思う方。確実に」

それはあんなに目立つように手紙を置いていったことからもよくわかる。

「僕もそう思う。それなら、その書き置きの『引札《ひきふだ》』に、何か手がかりが残されてないかな？」

未來《みく》が手に握っている引札は、雨で少しぼろぼろになってきている。

未來《みく》は軍帽で引札が雨に濡れないようにしながら、もう一度よく確認する。


『御影様《おかげさま》教団　ただいま信者大募集！』


見れば見るほど、いかにも怪しい宗教団体に思える。

引札に書かれている説明文によると、入信するだけで、どんな悩みも綺麗さっぱり無くなり、願いもなんでも叶《かな》うのだとか。もしそれが本当なら、誰だって入信するだろう。

それとも、それを現実のものとする、大それた摩訶不思議《まかふしぎ》な力をこの教団の教祖は本当に持っているというのだろうか？

「…………」

未來《みく》は天を仰いだ。

もし願いがなんでも叶うのならば、今の自分はいったい何を願うだろうか。

平成の世の家族たちの心配そうな顔が、ふと一瞬、未來《みく》の脳裏を過《よ》ぎり、胸が苦しくなった。

「あれ？」

「どうしたの、錬《れん》？」

ハッと我に返って、未來《みく》は振り向いた。

「この引札の地図に印が付いてる」

「えっ、どこ？」

未來《みく》は錬《れん》の指さす箇所をのぞき込んだ。

引札に描かれた地図の『御影様教団　総本部』と記された場所が、鉛筆で何重にもぐるぐると丸く囲んである。しかもよくよく見ると、物凄く小さな文字で何か書き足してあった。

雨で文字が消えかけてはいるが、読めないことはない。


『追伸。絶対にこの場所にはいませんから捜さないでください。絶対ですよ？』

未來《みく》と錬《れん》はぽかんと口を開けたまま顔を見合わせた。

第九場

しばらく地図に従って歩き続けると、三人は帝都の外周部に位置する砦《とりで》へと到着した。そこからさらに砦の内部へと進入する。砦の内部は何度も増築を繰り返した細長い迷路のような構造になっており、これらが巨大な防壁の役目を成して帝都の街を外敵から護《まも》っている。

所謂《いわゆる》、帝都は城塞《じょうさい》都市そのものだ。

「この地図だと、御影様《おかげさま》教団の総本部っていうのは帝都の外側にあるみたいだ。この辺りに外へ出る秘密の抜け道があるって書かれてる」

「秘密の抜け道なんてそう簡単に見つかるの？」

帝都の外の世界に出る方法なんて、未來《みく》は聞いたこともない。

「未來《みく》姉、あれ見て！」

錬《れん》が指さす方向に、そこだけいかにも怪しげな『鳥居』が立っていた。しかも神社などでよく見かける朱色の鳥居とは違い、全てが真っ黒く塗装された漆黒の鳥居だ。

その不気味な鳥居は千本鳥居のように奥へ奥へと幾本も立ち並び、たしかに別世界への通路に見えなくもない。

未來《みく》は頭を振った。

「まさかこんなに目立つ場所が抜け道のはずないよ。これはきっと囮《おとり》で他に扉があるはず」

「でも、書いてあるよ」

「なんて？」

未來《みく》は目を疑った。錬《れん》の指さす波形のトタン板に灰色のペンキで堂々と『ぬけみち』と書かれている。しかも処々《ところどころ》ペンキが垂れているのが格好良くもあり格好悪くもあり、不思議な魅力を持ったおかしな文字だった。

帝都の条例では砦の外側に出ることを特に禁じているわけではないが、仮にも『抜け道』がこんなに目立っていていいのだろうか？　やっぱりヘンだ。人の名前かもしれない。

そんな未來《みく》の心配をよそに、錬《れん》と鈴《りん》は仲良く手をつなぐと、まったく警戒もせず黒鳥居の中へと足を踏み入れようとしている。

「あ！　ちょっと待って、鈴《りん》！　錬《れん》！」

手を伸ばし未來《みく》が二人を引き留めようとした瞬間、鳥居の柱の陰から黒装束の男が叫びながら現れた。

「おかげさまっ！」

口から飛び出そうなほど心臓が跳ね上がる。未來《みく》は腰が抜けるかと思った。

黒ずくめの男の出で立《い》ちは、どう見ても歌舞伎《かぶき》などの舞台に頭巾をかぶって登場するあの『黒子』だ。まるで通せん坊をするように、黒鳥居の中央に立っている。

「あ、あの……もしかして御影様《おかげさま》教団の信者の方ですか？」

「そうですよ」

未來《みく》が恐る恐る訊《たず》ねると、黒子はあっさり認めた。

「ひょっとして黒鳥居の先は、御影様教団の総本部につながってたりするんですか？」

「はい。私はその門番です」

これもあっさりと黒子は認める。

秘密でもなんでもないのかもしれない。

「この黒鳥居、ボクたちも通っていいですか？」

「あ、お持ちのその引札《ひきふだ》は……なるほど、体験入信希望の方々ですね？　勿論《もちろん》です、さあどうぞ貴方《あなた》たちもこれに着替えてお通りください。羽織るだけでも結構です。黒色は我が教団の象徴なのです。それと教団内では『合い言葉』を忘れずに」

「合い言葉？」

未來《みく》は黒子が着ているのと同じ『黒装束』を受け取りながら首をかしげた。黒装束は四着。一着多いが、一つはその大きさからしてどう見ても『人形用』だ――こんな人形用の黒装束も用意してあるなんて、なんだか徹底している。もしかしたら、御影様教団とは、未來《みく》の想像している以上に大規模な教団なのかもしれない。

未來《みく》たちに黒装束を手渡しながら、黒子は話を続ける。

「合い言葉というのは、我々、御影様教団の挨拶のようなものです。その引札にも大きく書いてありますよ」


――あ、引札に書いてあるんだ……。


未來《みく》はほっとした。

合い言葉がわからなければ通さないと云《い》われたら困るところだった。

錬《れん》なら、面倒だから門番の黒子を倒してここを通ろうと云いかねない。

未來《みく》は、これだとばかりに引札を読み上げる。

「今なら同じ物がもう一個！」

「そっちではなく」

「しかも送料無料！」

「あ、いえ、先ほど私が云った言葉と同じですよ」

「おかげさま？」

「それです！　教団は挨拶を何よりも大切にしていますので。さあ、元気よくもう一度！」

確かに、引札のあちこちに『おかげさま！』と書いてある。

単なる教団の宣伝のためのキャッチコピーだと思っていた。

「お、おかげさま……」

未來《みく》は少し照れながら云《い》う。

実際に言葉にしてみると、なんだか恥ずかしい。

「さあ、そちらのお坊ちゃんと、お嬢ちゃんもご一緒にっ！」

「おかげさまっ！」

錬《れん》は元気よく云いながら、うれしそうな顔で敬礼。

こういうノリは大好きそうだ。

そういえば『ごっこ遊び』をするときは、未來《みく》たち三人もよく合い言葉を使ってたっけ。

〈オカゲサマ！〉

不意に鈴《りん》の胸元で文化人形が声を発した。

人形用の黒装束まで用意してくれたお礼かもしれない。気のせいか、その声は心持ちうれしそうに響いた。

文化人形の声に門番の黒子も意表を突かれたようだったが、鈴《りん》はいつも通り人形を大切そうに抱きかかえて、ぼうっと突っ立っている。

「もうボクたち、ここを通っていいんですよね？」

未來《みく》の声に、しげしげと人形を凝視していた黒子は我に返る。

「はい勿論《もちろん》！　あ……この先は暗いですからどうぞこちらをお使いください」

黒子はそう云うと未來《みく》たちに手持ち洋燈《ランプ》を一つずつ渡す。

黒鳥居を通過する際、いつまでも手を振って見送ってくれている黒子に、もう一度「おかげさま！」と振り返り叫ぶと、まるで山彦のように「おかげさま！」と返してくれた。

ちょっと癖になりそうだと、未來《みく》たちは思った。

第十場

黒装束を羽織って黒鳥居の通路を抜けると、そこには見渡す限りの『廃墟』が拡《ひろ》がっていた。

いつしか雨はやみ、代わりに湿った冷たい風が吹いている。

立ち並ぶ古めかしい建物は、どれも朽ちかけていて、まるで何か大きな災害に街全体が呑《の》み込まれてしまったかのようだ。

「どうしたの、この街……」

「先の戦争や災害でこんなになっちゃったんだって。學校《がっこう》で先生が云ってた」

未來《みく》の問いに、錬《れん》は哀しそうな瞳で廃墟を見つめながら答えた。

「戦争や災害……？」

目の前に拡がるどこか懐かしい街並みは、たとえ朽ちていようと今の帝都より遥《はる》かに未來《みく》のいた平成の世界に近い気がした。

「うん。『第三次世界大戦』と、『大正兇変《きょうへん》』だよ」

未來《みく》のいた平成の世では、まだ第三次世界大戦は起きていない。

大正兇変に至っては聞いたこともない言葉だ。

こちらの世界が、どういう選択の結果、このような歴史をたどってしまったのかは勿論《もちろん》未來《みく》にはわからない。だが、この光景を見れば、筆舌に尽くしがたい不幸な結末を迎えたことだけは容易に想像がつく。

「戦争はすぐ終わったらしいけどね……でも、どんなものでも壊すのは一瞬あれば足りるから。戦争も、災害も……あっ、鈴《りん》、だめだよ外のモノに触れちゃ！　學校《がっこう》で習っただろ？」

少し離れた処《ところ》で朽ちた人形の玩具に手を伸ばそうとしている鈴《りん》を見て、錬《れん》は慌てて駆け出した。そして駆けていった先で、錬《れん》は何かに気づき声を上げた。

「見て、未來《みく》姉。あれ！」


『御影様《おかげさま》教団総本部、この先☞』


ご丁寧《ていねい》に案内板が出ていた。

悪の教団にしては、少々、自覚が足りない気がする。

案内板の通りに三人で進んでいくと、巨大な建造物があった。長期間放置され錆《さ》びついているが、処々に赤い塗装が残る鉄骨で組まれた塔のようにも見える。未來《みく》はその変わり果てた姿になった建造物をどこかで見たような気がした。

「間違いない。この変わった建物の地下が、御影様教団の総本部みたいだ」

地図と見比べながら錬《れん》が云《い》う。

「どうする？　未來《みく》姉」

しばらく二人で茫然《ぼうぜん》と建物を見上げていたが、未來《みく》はハッと我に返った。

「中に入ってみよう。流歌《るか》さん、ここにいるかもしれないし」

ここまで来て引き返すわけにもいかない。いまひとつ得体の知れない宗教団体のようだけど、何もいきなり取って食われたりはしないだろう。門番の黒子と話した感じだと、根は悪い人たちではなさそうだし。黒装束で顔も隠れているおかげで、堂々と正面から侵入を開始する。黒鳥居で出逢った門番のような見張りもいなかった。

「お互い顔が見えないから、離ればなれにならないように気をつけてね」

「大丈夫だよ。未來《みく》姉みたいに頭巾の両端からそこまで髪の毛のはみ出してる人なんて他にいないし」

云いながら錬《れん》は笑う。

「そんなこと云ったら、錬《れん》たちだって金髪が頭巾からはみ出てる」

しかも、鈴《りん》は鈴《りん》で、黒装束の文化人形を抱きしめているので間違えようがない。

「じゃあ、問題は流歌《るか》姉だね」

「え？」

「だって、もし流歌《るか》姉がこの教団にいるとしても、頭巾で顔がわからないんじゃ、捜すのはひと苦労だと思うよ」

「そっか……錬《れん》の云《い》うとおりかも」

侵入は思いのほか簡単だったけれど、逆に同じ服装の信者の中から特定の人物を一人だけ見つけ出すのは大変そうだ。

と、そのとき、不意に複数の信者が階段を上ってきた。

突然のことだったので、入り口から入ってきた未來《みく》たちと、鉢合わせになる。

「おかげさま！」

いきなり話しかけられた。未來《みく》たちも慌てて返答する。

「お、おかげさま！」

未來《みく》と錬《れん》はつい癖で敬礼してしまった。しかし、合い言葉と変装のお陰で怪しまれることもなく、信者たちは雑談しながら未來《みく》たちの横を通り過ぎていく。

その会話の内容が、未來《みく》たちの耳にも届いた。

「最近、教祖様の雰囲気、何か変わったと思わないか？」

「前にも増して大食漢になったよな」

「教祖様ともなると色々悩み事も多いんだろう。このところ、多くの信者が行方不明になってるみたいだし」

「いや、悩み事が消える教団で、教祖様が悩んでちゃ駄目でしょう」

「…………。聞いた、錬《れん》？」

信者たちが完全に立ち去ってから、未來《みく》は小声で錬《れん》の耳元にささやいた。錬《れん》がうなずく。

「聞いてなかった」

「そ、そうなんだ」

この際、錬《れん》が聞いていたかいなかったかは問題ではない。

多くの信者が行方不明になっている？　この教団が『人さらい』の犯人ではないのだろうか？

「あなたたちそこで、何をこそこそとしてらっしゃるの⁉」

突然声を掛けられて、未來《みく》は心臓が飛び跳ねるほど驚いて振り返った。

「⁉」

黒子が一人、腕組みをしながら階段を上ってくる。

声とその軀《からだ》つきから、未來《みく》と年齢の近い女性だということだけはわかる。

「やっとわたくしを迎えにいらしたのね、待ちくたびれましたわ、未來《みく》さん」

「えっ⁉」

黒頭巾をかぶっているのに、どういうわけか、あっさり正体がばれてしまった。しかもこの女性はこちらの名前まで知っている。

でも、迎えにきたってどういうこと？

「もしかして、流歌《るか》さんですか？」

「は？　わざとらしい。何を今さらとぼけていますの。貴方《あなた》たち、どうせお父様に云《い》われてわたくしを連れ戻しにいらしたのでしょう？　その頭巾からはみ出ている鬱陶《うっとう》しいくらいに長い髪、わたくしには全てお見通しですわ！」

あ、いや、もしや、このしゃべり方は……。

よく見ると、黒頭巾からはみ出した見事な縦巻きの髪型に見覚えがあった。

でも、なぜ彼女がこの教団に？

未來《みく》が首をかしげていると、ふいに目の前の黒子は暑苦しそうに頭巾を外した。

「やっぱり生徒会長⁉」「あ、意地悪悠那《ゆうな》だ」

叫びながら、未來《みく》と錬《れん》も黒頭巾を外す。

しかし鈴《りん》だけは頭巾をかぶったままだ。

意外とこの黒頭巾が気に入ってしまったのかもしれない。

「ふんっ。お屋敷に連れ戻そうったって無駄よ。わたくしは絶対に帰りませんからね。貴方方は、そうお父様に伝えて頂戴《ちょうだい》な。わたくしの意志はこの教団の鉄塔のように固いのだと！」

……生徒会長はさっきから何を云っているんだろう？

未來《みく》たちには、まるで話が見えなかった。

「あの、生徒会長……ボクたちは生徒会長のお父様からは何も聞かされていません……」

「なんですって？　じゃあ、貴方たち、こんな処《ところ》までわざわざ何をしにいらしたの？」

不審そうに生徒会長は未來《みく》たちをにらんだ。が、こちらの方こそ、生徒会長がこんな処で何をしているのか問いたい。

「ボクたちは、流歌《るか》さんを捜しにきたんです」

「先ほどもそんなことをおっしゃっていたわね。いったい何者ですの？」

「少し前に、商店街でこの引札《ひきふだ》を配っていた、あの女給さんです」

未來《みく》は生徒会長に引札を見せながら云った。

「嗚呼《ああ》、あの女給、流歌《るか》という名前でしたの……でも、その方がこちらにいらっしゃるかは知らないわ。なにしろ、ここの信者はみな、黒頭巾で顔を覆っているのだもの。貴方のように、目立つ髪型をしていれば話は別ですけど」

そう云う生徒会長も負けず劣らず特徴的な髪型をしていると未來《みく》は思ったが、口には出さなかった。やはり、黒頭巾で顔を隠されていては、人捜しは容易にはいかないかもしれない。

　ガッシャーン。

突然下り階段から響いた、けたたましい音に、鈴《りん》を除く全員が振り返った。

その直後、半べそで平謝りする女性の声が続く。

「ひええっ！　ご、御免なさい、申し訳ありませんっ。御免なさい〜っ」

「嗚呼《ああ》、あの情けない声は、またあの人ですわね。まったくドジで使えないんだから」

生徒会長がフンと鼻を鳴らして、吐き捨てるように云《い》う。

「あの人って？」

「お顔は存じませんけど、最近入ったばかりのまるで使えない信者よ。以前、飲食店で働いていらしたとかで食堂を手伝わされているらしいのだけど……入信した日からこれまでにこの教団のほとんどの食器を割ってしまったらしいですわ。彼女、どれだけドジなのかしら」

「絶対流歌《るか》姉だ！」

錬《れん》が、ずばっと云う。未來《みく》も力強くうなずいた。

皿の割れる音と悲鳴——それに『ドジ』評価。間違いない。流歌《るか》だ。

「行こう、錬《れん》、鈴《りん》」

「承知！」

錬《れん》は敬礼して応《こた》える。

「そんなことよりも未來《みく》さん。わたくしは当分の間、帰るつもりはないと家の者に伝えて頂戴《ちょうだい》」

「あ、わかりました、後で伝えておきます！」

やっと、流歌《るか》さんに会える！

未來《みく》は駆け出した。錬《れん》が鈴《りん》の手を引いて未來《みく》の後にぴたりと追従する。

「え？　止めないの？　さっさと諦《あきら》めないで、もう少しわたくしを説得しなさいな！」

生徒会長が必死に追いかけてきたが、未來《みく》は走る速度を緩めない。

「すいません、先を急ぐんで」

未來《みく》と鏡音姉弟《かがみねきょうだい》は、最上段から一気に階段を飛び降りた。

第十一場

地下一階は食堂だった。

見渡すと、この食堂に隣接している厨房に人だかり……いや、黒子だかりができていて、大騒ぎになっていた。未來《みく》たちもその黒子だかりに加わって、中の様子をのぞき込む。

床には割れた食器が散らばっていた。それも大量に。

おそらく洗い終えて積み重ねておいた皿を、不注意で倒してしまったのだろう。

先ほどの大きな音の発生源は、ここに間違いない。

騒ぎの真ん中で、黒頭巾の後頭部に大きな紫色のリボンを付けた黒子が、よほど気が動転しているのか、端から見ていて気の毒になるほど、右へ左へとオロオロしている。

「す、すみませんっ！　わ、わたし、『信者定食』を急いで教祖様にお運びしようとしたら、積み重ねたお皿に肘をぶつけちゃって……とっさに倒れないように支えようとしたんですが、今度は滑って転んで信者定食まで落としてしまって……嗚呼《ああ》、どうしよう、どうしよう……」

見れば割れた皿の中にまぎれ、怪しげな色の肉料理も床に散らばっている。

「こりゃまた派手に割っちゃったねえ。あんた、前はカフェに勤めていたって話していたから厨房を任せても大丈夫かと思ったんだけど、これじゃあ、カフェでも迷惑かけまくっていたんじゃないのかい？」

皿を割った女性に、やけに体格のいい男性が腰に手を当てて呆《あき》れ声で云《い》う。

「ううっ、実はそうなんです……それでわたし、先日クビになってしまって、もうどこにも行く場所がなくてこの教団に……」

「嗚呼、わかったわかった。あんたももう子供みたいに泣くんじゃないよ。誰だって失敗することはあるんだから。次は気をつければいいんだよ。さあ、皆で、割れた皿を片付けよう。破片で指を怪我《けが》しないように気をつけて！　おかげさま！」

黒子は泣いている彼女を慰めるように云うと、他の黒子たちも次々と彼女を励ますように、「おかげさま」と声を掛けた。そして皆で協力して散らばった破片の片付けを始める。

「ううっ。ありがとうございます。皆さんから受けたご恩はこの『巡音流歌《めぐりねるか》』一生忘れません、おかげさま!!」

皿を割った女性は、ひたすらペコペコと頭を下げ続けた。

その度に、黒頭巾の後頭部に付けた大きなリボンがピョコピョコと揺れる。

「あのドジな黒子のリボン、流歌《るか》姉のじゃないの？」

未來《みく》の隣で様子を見ていた錬《れん》が、見覚えのある紫色のリボンを指さした。

「うん。たった今、『巡音流歌《めぐりねるか》』って名乗ってたし」

これまでの長い前振りからしても、彼女に間違いはなさそうだ。黒子の中で人一倍不器用に破片を拾い集めている紫色のリボンの女性にそっと近づくと、未來《みく》は小声で声を掛ける。

「流歌《るか》さん、ボクです」

「ボク？　え、えっと……どなたでしょうか？　あの、みなさん、同じような真っ黒い恰好《かっこう》してて、わたし、どなたがどなただか……」

「この髪型を見ても、ボクが誰だかわからない？」

未來《みく》は意味深に、自分の長い髪を、び～んと横に引っ張ってみせた。

「え？　その控え目というか、つつましげな胸は……まさか、未來《みく》さんですか⁉」

そこ――――――――――⁉

ていうか、ボクが髪を引っ張った意味は⁉

未來《みく》は気を取り直すように咳払《せきばら》いをしてから流歌《るか》に云う。

「流歌《るか》さん、声が大きい。ボクたちは極秘の任務でこの教団を探りにきたんです。一緒に錬《れん》と鈴《りん》もいます」

「あっ」

流歌《るか》は慌てて黒頭巾の上から口を手で押さえた。未來《みく》のすぐ隣にいる小柄な二人の正体にも気づいたようだ。流歌《るか》は破片を拾い上げながら、他の黒子たちに聞こえないように声を落とし、こそこそとささやいた。

「極秘の任務って、何か事件でもあったんですか？」

まるで他人事のように流歌《るか》は首をかしげた。

「流歌《るか》さんを助けにきたんです。この怪しいカルト教団から」

「えっ、助けに？　なんのことですか？　楽しいカルタ教団って」

「……カルト教団。この御影様《おかげさま》教団のことです。今は詳しく話せないけど、軍がつかんだ情報ではこの教団はとっても危険なんです。だから流歌《るか》さんも、こんな変な教団からは一刻も早く抜けた方がいいんです」

「え？　みんないい人たちですよ。だってほら、見てください。わたしの不注意でこんなにたくさんのお皿を割ってしまったのに、みなさん、誰も怒らないで、こうして一緒に片付けのお手伝いまでしてくださるんです……わたし、感動して心の涙が止まりません！」

流歌《るか》は心の底から心酔したような様子で天を仰いでいる。

「何を説明しても無駄だよ、未來《みく》姉。もう流歌《るか》姉は完全に洗脳されてる。店長も待ってるし、僕らの正体がばれる前に、力ずくで連れて帰ろう」

——錬《れん》の云《い》うとおりかもしれない。

この教団のどこかに影憑《かげつき》が潜んでいるかもしれないし、流歌《るか》さんの安全確保がボクらの任務だ。彼女に万一のことがあれば、取り返しのつかないことになる。それどころか、流歌《るか》さんなら、疑いもせずに自ら影憑の口に飛び込みかねない。

「実は店長に頼まれて流歌《るか》さんを捜しにきたの。だからお願い。ここは素直に、一緒にカフヱに戻って」

「店長に？　い、いえ、やっぱり駄目ですよ。わたし、帰れません」

流歌《るか》は頑《かたく》なに首を横に振った。

「どうして？　流歌《るか》さんだって、店長が本気でクビにしたくて云ったわけじゃないと、わかってるんでしょ？」

「え？　そうだったんですか⁉　でもわたしがカフヱに戻ったら、あのお店いつか潰れちゃいます。この教団だってわたしのせいで潰れるかもしれません……」

流歌《るか》は哀しげな声で、足元に散らばっている皿の破片に視線を落とす。

――うん、それは素直にすごいと思う。

軍があれこれと介入するよりも、彼女をしばらく預かってもらうだけで、この教団を潰せるのではないだろうか？　半分本気で、そんな不埒《ふらち》なことを考えてしまう。

「でも皆、流歌《るか》さんがいなくなって寂しがってるの。大勢のお客さんたちだって……」

「未來《みく》さんも、ですか？」

「え？」

流歌《るか》は身を乗り出した。

「未來《みく》さんも、わたしがいなくなったら寂しいですか？」

流歌《るか》はいつになく真剣な様子で訊《たず》ねる。未來《みく》は力一杯、うなずいた。

「もちろん！」

「わたし、未來《みく》さんにも秘密にしていること、たくさんありますよ。それでもいいですか？」


――……流歌《るか》さん？


「あれ？　きみたち見かけない黒子だけど……」

突然、男の声が未來《みく》の頭上から降ってきた。

気配も感じさせずに背後を取った『忍者』姿の男に、未來《みく》はとっさに身構える。

「ああ、もしかして新しく入信した子たちかな？　私はこの教団の『お導き役』をしている者だ。わからないこと、困ったことがあったら、私になんでも訊ねてくれ。この教団は、どんな悩みでも相談に乗るからね――おかげさま！」


――どうやって誤魔化《ごまか》そう。今の話、聞かれていなかっただろうか？


未來《みく》が一瞬、応《こた》えに躊躇《ちゅうちょ》している間に横から流歌《るか》が応える。

「未來《みく》さんたちは本日この教団に来たばかりで、決してここが楽しいカルタ教団だと思って調べに来た軍人さんではないんです！　神憑《かみつき》特殊桜小隊とはもう全然無関係です!!」

必死にかばおうとする流歌《るか》の言葉に、未來《みく》は唖然《あぜん》とした。

皿の破片を拾っていた他の信者たちも、何事かと未來《みく》たちを取り囲むように集まり始める。

駄目だ――もう完全に正体がばれてしまった。こうなったら、流歌《るか》さんだけでも連れて逃げ帰るほかない。

「神憑特殊桜小隊って、影憑《かげつき》退治を専門とする、あの軍人さん？」

忍者の問いに、未來《みく》は颯爽《さっそう》と黒装束を脱ぎ捨てた。

「正体がばれたら仕方がない。如何《いか》にもボクは……神憑特殊桜小隊、初音未來《はつねみく》！」

それに続き、錬《れん》も自身と鈴《りん》の黒装束を取り払い、正体を現す。

「お前たちはここで何をやっているんだ？　俺たちの潜入が台無しじゃないか」

ため息をつきつつ、突然別の男が未來《みく》の肩に手を置いた。

「きゃあああああ。か、海斗《かいと》様あぁぁぁーっ!?」

耳をつんざく黄色い声を上げたのは、未來《みく》では無く、それまで興味なさげに傍観していた生徒会長だ。男の姿を見るや否《いな》や、頭巾を脱ぎ捨て、待ってましたと云《い》わんばかりに海斗《かいと》の腕に飛びついた。

「わたくしの王子様！　お迎えにきてくださったのですね!?」

「嗚呼《ああ》、やっかいごとが……あ、いえ、御前賀《おまえが》大将閣下の命を受けて、悠那《ゆうな》お嬢様をお迎えに上がりました。我々と一緒に屋敷へお戻りになってください」

生徒会長にしがみつかれた海斗《かいと》は、丁重な言葉とは裏腹に、なぜか避けるように一歩後ずさった。しかし生徒会長は、この機を逃すまいとさらに距離を詰める。

「ええ、わかりましたわ。教祖様にわたくしの願いを叶《かな》えていただいたら、すぐにどこへでも、御一緒致します！」

「えっ？　さっきは絶対に帰らないって云《い》ってたのに」

「未來《みく》さん！　ここは空気を読むところでしょう⁉」

悠那《ゆうな》にキッとにらまれ、未來《みく》は押し黙る。すると背後から、くっくと笑いをこらえる声が聞こえた。振り返ると、赤い軍服を着た女性――鳴子《めいこ》が口を押さえて立っていた。

「貴方《あなた》、この教団のお導き役なんでしょ？　いったいいつになったらわたくしを教祖様に会わせてくださるのかしら。お迎えも来たし、さっさと願いを叶えてもらって、わたくし帰りたいのですけど」

生徒会長は、突然の出来事に茫然《ぼうぜん》としている忍者姿のお導き役へと振り返り、食ってかかる。

「わかりました。ですが、教祖様は若い女性としかお逢いになりません。みなさんの年齢をお伺いしてもよろしいですか？」

「俺は二〇だ」

海斗《かいと》が応《こた》えた。

「あ、いえ……若い女性の方のみで」

「一八です」「わたくしは一五ですわ」

次に、流歌《るか》と生徒会長が応えた。

「一四です」「僕と鈴《りん》は一二。双子だから」

未來《みく》と錬《れん》が続けて応えた。

「なるほど。皆さん、お若いですね。それにお美しい。教祖様にお逢いする資格は充分にあります。最後に、そちらの方は？」

残る一人に全員が視線を向ける。

鳴子《めいこ》だ。

「……………………一四歳」


——えっ、ボクと同い年!?


「何を云ってる。お前は、二……ぐっ！」

鳴子《めいこ》の軍靴が海斗《かいと》の言葉を一瞬で止めた。

「な、なるほど。わかりました。では、教祖様の処《ところ》へご案内いたします」

海斗《かいと》は当然だと云《い》わんばかりにうなずいた。

「よし、行くぞ」

「あ、いえ……女性の方のみで」

「俺は彼女らの保護者だ。ついていくぞ」

「僕も鈴《りん》の保護者だから。ついていくよ」

錬《れん》も海斗《かいと》に続く。

「わ、わかりました。でも男性の方々は教祖様のお部屋の手前まで、でお願いしますよ。では こちらへどうぞ。ご案内いたします」

第十二場

食堂を出てそこからさらに下へ続く階段をいくつも下りてから、長い長い廊下を歩いていく。

「どこまで連れていかれるんだろう？」

歩きながら少しかがんで、未來《みく》は小声で錬《れん》の耳元にささやく。

「きっと罠だよ。僕たちをまとめて始末するつもりだ。未來《みく》姉、気をつけて」

「錬《れん》も注意してて。いざとなったら、流歌《るか》さんと生徒会長をボクたちで……」

「倒すの？　足手まといだから」

「違う。倒しちゃ駄目。護《まも》るの！　命がけで」

「こちらのお座敷の一番奥の部屋に、教祖様がいらっしゃいます」

お導き役が厳《おごそ》かに云《い》う。未來《みく》と錬《れん》がささやき合っている間に、どうやら到着したようだ。

「行くぞ」

「あ、保護者の方々はご遠慮ください」

お導き役が止めるのも聞かず、海斗《かいと》は襖《ふすま》を、無遠慮に開けた。

「おい、誰もいないじゃないか」

海斗《かいと》がお導き役の胸ぐらを乱暴につかむ。

「いえ、もっとずっと奥の部屋なのです。一番奥の……奥座敷が教祖様のお部屋でございます」

海斗《かいと》はお導き役の胸ぐらから手を放した。

お導き役が次々と襖を開けて、その後に海斗《かいと》たちが続く。

「この金太郎飴《あめ》のような襖はどこまで続くんだ？」

海斗《かいと》が問いかけたとき、今度は襖を開けずに、お導き役は襖の前で畳に正座をし両手を付けて頭を下げた。

「教祖様、若い信者の方々と、その保護者の方々をお連れいたしました」

「なんなのよ、その『保護者の方々』って！」

いきなり内側から襖が開いた。

教祖と目が合う。

「あっ！　お前は⁉」

教祖と未來《みく》が、同時に声を上げる。

教祖――いや、千本桜の前で未來《みく》を襲った女忍者がそこにいた。

「なんでアンタたちが、アタシの教団にいるのよ⁉　アタシは今すぐ新しい『贄《にえ》』を連れてこいと命じたのよ！」

教祖はお導き役をにらみ付けて吠えた。

「なるほど。教祖とはお前のことだったか」

海斗《かいと》がいきなり軍刀雪清《せっせい》に手を掛ける。

「未來《みく》の頭がおかしくなった恨み、この場で晴らさせてもらうぞ」

海斗《かいと》の目が完全に据わっている。

――しかし兄様、その云《い》い方は様々な誤解を生みそうです。

「そう……アンタたち、揃い踏みでわざわざアタシを倒しにきたってわけ？　でもそういうのを、飛んで火に入る夏の虫っていうのよ。ちょうどよかったわ。最近、一人二人の『紅《べに》』を吸ったところで、若返れなくなっているのよね」

「そうまでして若返って何がしたい？」

「何がしたいですって⁉　アタシはもっともっと生きなきゃいけないの！　アタシがこのまま老衰で死んだら、長年アタシが築き上げてきた『ご奉仕の精神』がついえてしまうでしょう⁉　アンタたちだって、生き物を食べているじゃないの！　動物を、植物を！　アタシはただ、若い人から死なない程度に紅をもらっているだけよ！」

――ご奉仕の……精神？

じゃあ、この人は、いつまでもご奉仕を続けたいがために、今まで何人も……。

「どんな御大層な理由があれど、人命と引き替えの精神など、まともでは無い」

海斗《かいと》が雪清に手を掛けたまま、凄まじい殺気をともない一歩前へ出る。

「ふん、アンタたち不老不死の恩恵を受けた神憑《かみつき》に、アタシたち影憑《かげつき》の呪いの何がわかるっていうのよ!?　アタシたちは他人の紅をすり続けなければ生きていけないのよ！」

――不老不死？　ボクたちが!?

「ちょっとよろしくて」

突然、生徒会長が話に割って入ってくる。

「話がよく見えないのだけれど……この教団に入信したら、わたくしの恋が叶《かな》うって云いましたわよね？　今すぐ叶えなさい。貴方《あなた》が教祖なんでしょ？　お金ならいくらでも払うわよ」

「なんなの、この態度のでかい娘は？」

「はっ。新しい信者でございます。多少、性格に問題はありますが、教祖様の『お食事』としては、問題は無いかと」

お導き役が応《こた》える。

「そうね。若くて綺麗な女なら、性格はどうでもいいわ。でも、この娘たちを喰《く》らう前にやっかいな保護者とやらをまとめて始末する必要があるわね」

教祖は、生徒会長と流歌《るか》を御馳走《ごちそう》を見るような目で見て舌なめずりしながら、あの『鎖鎌《くさりがま》』を手に取って構えた。

「今この場で、その首を落としてやるわ！」

教祖が叫ぶと同時に、横なぎに鎌がうなる。

「危ない、総員回避！」

「きゃああああああああ！」

悲鳴を上げてしがみついてくる生徒会長を、海斗《かいと》は咄嗟《とっさ》に鎌を避けるように押し倒す。

同時に未來《みく》は流歌《るか》を、錬《れん》は鈴《りん》を抱いて後方へと跳ぶ。

「か、海斗《かいと》様！　おやめになって、こんな処《ところ》で！　あ、いえ、でも海斗《かいと》様が宜《よろ》しいのでしたらわたくし……」

生徒会長の頬《ほお》が恥じらうようにさっと朱に染まった。鎖鎌を避けてやむなく畳の上に生徒会長を押し倒した海斗《かいと》の顔から、急速に血の気が引いていく。

「おい、誰かこれを……鳴子《めいこ》」

海斗《かいと》は助けを求めるように鳴子《めいこ》の方へと振り向く。

だがそのときには鳴子《めいこ》は一人、すでに反撃に移っていた。深紅の風車の付いた長針、神器《しんき》『紅車《べにぐるま》』を、頭を低くした姿勢で両手に構え、教祖めがけて神速の特攻をかける。

鎖鎌の連続攻撃を右へ左へとかわすと、鳴子《めいこ》は教祖の両肩に紅車を深々と突き刺した。

その瞬間、教祖の傷口から墨のような黒い体液が噴き出す。

「ぎゃあああああぁぁぁぁ！」

「教祖様⁉」

今度はお導き役の放った無数の手裏剣が鳴子《めいこ》を襲う。

間一髪、鳴子《めいこ》は紅車で手裏剣を弾き返しながら後方へと下がり、体勢を立て直す。

「教祖様！」

障子《しょうじ》や襖《ふすま》が次々に開いて、ワラワラと忍者たちが姿を現した。

「鳴子《めいこ》、御前賀《おまえが》大将の娘と女給を護《まも》れ！　民間人の保護を最優先だ！」

「承知！」

すかさず鳴子《めいこ》は、海斗《かいと》と未來《みく》にそれぞれしがみついている生徒会長と流歌《るか》を、小脇に抱え、軽々と跳びすさる。

攻撃の届かない場所へと、流歌《るか》と悠那《ゆうな》を避難させると、鳴子《めいこ》はこの場にしばらく隠れているようにと、二人に告げ、再び戦闘へと復帰する。

「我らが盾となり、教祖様をお護りするのだ！」

「おおっ！」

教祖を囲み、人海戦術とばかりに忍者たちの黒い壁が出来上がる。

「無駄、無駄ぁ！　桜小隊特攻役と云《い》えば僕の出番！」

壁を突き崩さんとばかりに錬《れん》が仕掛けた。

「喰《く》らえ！　弐扇《にせん》！」

二柄《へい》の扇《おうぎ》、神器《しんき》『弐扇』を素早く振り下ろして鎌鼬《かまいたち》を巻き起こす。

その攻撃をまともに受けた忍者たちは、まるで烈風に弾き飛ばされたように総崩れになる。

しかし体勢を崩しながらも、忍者たちは矢継ぎ早に手裏剣を放ち果敢に応戦する。

「そんなもん効くもんかっ！」

変幻自在の弐扇が瞬時に巨大化し、全ての手裏剣を弾き返す。

「くっ、面妖《めんよう》な武器を！　突破を許すな！」

お導き役の声に忍者らが全員抜刀し、いっせいに錬《れん》に向かって斬りかかる。

その攻撃を避けるように、錬《れん》が後方に跳躍し、入れ替わりざま海斗《かいと》が前に出た。

「雪清《せっせい》・壱の太刀！」

すかさず抜刀した海斗《かいと》が間合いを詰め、神速の一撃。

「くわあっ！」「ぬぐうぅっ！」

閃《ひらめ》いた銀光が、一瞬にして数名の忍者を同時に倒した。

直後――血飛沫《ちしぶき》ではなく、真白な雪が舞い散る。

「あ！　こいつらも影憑《かげつき》だったんだ！」

錬《れん》が目を丸くして叫んだ。海斗《かいと》の神器『雪清』は魔を清浄な白雪へと浄化する。

教祖を護《まも》る忍者たちも錬《れん》の云《い》う通り、その正体は影憑だったということだ。

「よくも大切なアタシの信者を！　アンタたち、もういいから下がってなさい！」

「しかし、教祖様、お一人では！」

「この鎌で、あいつらをまとめて片付けてやるわ。巻き添えを喰らいたくなかったら云うとおりになさい、邪魔よ！」

教祖は顔色を変え、禍々《まがまが》しい気を放ちながら前に出る。

『必殺腐鎌《くさりがま》』！　世界の全てよ腐界に墜《お》ちなさいぃぃぃ！」

教祖は呪詛《じゅそ》を吐くように咆《ほ》えた。

教祖の軀《からだ》から伸びた影から無数の鎖が伸び、その中央で教祖は鎖鎌を縦横無尽に振り廻《まわ》し始めた。低く鈍いうなりを上げて、幾重《いくえ》もの漆黒の鎖鎌が未來《みく》たちを襲う。

迫りくる鎖鎌の攻撃を未來《みく》たちは次々とかわし続けた。

しかし、無数の鎖鎌は室内を闇雲《やみくも》に切り裂きながら、まるでそれ自体が意志を持った生き物のように執拗《しつよう》に迫ってくる。

鈴《りん》を護りながら逃げる錬《れん》、反撃の機会をうかがいながら鎖鎌を刀で、あるいは風車でたたき落とす海斗《かいと》と鳴子《めいこ》。さすがの神憑《かみつき》特殊桜小隊も、教祖を倒すどころか、狭い室内を逃げ廻るのが精一杯の有様《ありさま》だった。

天井、壁、畳、鎖鎌の触れた全ての箇所が瞬《またた》く間にどす黒く腐敗していくのを目《ま》の当《あ》たりにして、未來《みく》の軀《からだ》は恐怖に強張《こわば》る。

こんな凄まじい攻撃を、未だ神器《しんき》すら扱えない半人前の自分が、いつまでもかわしきれるものではない。困惑しながらも、神憑《かみつき》のずば抜けた身体能力のおかげで奇跡的に攻撃をかわし続けていた未來《みく》に、今度は避けようもない幾本もの鎖鎌が四方から同時に襲いかかる。

「危ない、未來《みく》、未來《みく》姉!!」

「未來《みく》!!」

錬《れん》と海斗《かいと》の声に、未來《みく》はハッと我に返る。

「きゃあっ!」

未來《みく》は咄嗟《とっさ》に両手で顔の前面をかばって目をつむる。八つ裂きにされた自分の姿が脳裏に浮かぶ。

しかし、鎖鎌の衝撃は無く、代わりにふわりと漂う白檀《びゃくだん》の香りに包まれた。

ゆっくりと開けた目に映ったのは、かばうように未來《みく》を抱きしめる海斗《かいと》の姿だ。

「海斗《かいと》兄様!」

その背には深々と鎌が刺さっている。海斗《かいと》の表情が、わずかに苦悶《くもん》に歪《ゆが》む。

「ほほほ、この『腐鎌《くさりがま》』を喰《く》らったが最後、傷口からどんどん腐っていくのよ!」

鎖をたぐり寄せながら、教祖は勝ち誇ったように嘲嗤《あざわら》った。

「か、海斗《かいと》兄様が腐っちゃう!」

傷口に必死で手を伸ばす未來《みく》に、海斗《かいと》は淡々とした口調で告げる。

「神憑はこの程度の傷で死ぬことはない。それに、兄様ではない。任務中は准佐《じゅんさ》と呼べ」

——そこ⁉


切迫した状況にもかかわらず、いつもの兄の一言で、未來《みく》の心を蝕《むしば》んでいた恐怖心が薄れていく。——そうだ、ボクたちの兄様が、こんな奴らに負けるはずがない‼

「未來《みく》、『桜大幣《さくらおおぬさ》』だ」

平静を取り戻した未來《みく》に海斗《かいと》は云《い》った。

「えっ、でもボクはまだ……」

「あの教祖の魂を救えるのはお前だけだ。自分の力を信じろ、未來《みく》。行くぞ！」

「は、はい、海斗《かいと》准佐！」

兄の言葉に力いっぱい応《こた》えてみせる妹に海斗《かいと》はうなずくと、雪清《せっせい》を手に再び立ち上がった。

深手を負いながらも、臆することと無くまっすぐに突き進む海斗《かいと》と共に未來《みく》も駆ける。襲いくる鎖鎌の攻撃を鳴子《めいこ》の紅車《べにぐるま》と、そして錬《れん》の投擲《とうてき》した弐扇《にせん》が食い止める。

「アタシの武器は鎖鎌だけじゃないのよ！　これで死になさいっ！」

教祖の背中から新たに無数の影が触手のように飛び出した。数十本の影触手が一斉に未來《みく》に狙いを定めて迫りくる。しかし未來《みく》は迷いもせず、教祖へと突進する。

教祖の頭上に、紫色の鱗粉《りんぷん》を振りまく『蛾《が》』を見たからだ。

鈴《りん》の神器《しんき》——『紫蛾《しが》』。

鱗粉《りんぷん》を浴びた数十本の影触手が、急速に勢いを失う。

その隙《すき》に乗じ、未來《みく》は、祈るように瞳を閉じる。

——千本桜《せんぼんざくら》、帝都を護《まも》る桜の神様……お願い、力を貸して!!

「桜大幣《さくらおおぬさ》!!」

未來《みく》は力の限りの言霊《ことだま》を乗せて叫んだ。

その言葉に応《こた》えるように、未來《みく》の前方に目もくらむような桜色に輝く光の粒子が集結する。

光の粒子は五芒星《ごぼうせい》を描き、その光の中心から桜の花片《はなびら》で出来た祓《はら》い棒『桜大幣』が出現した。

「えええええいいいっ!」

未來《みく》は裂帛《れっぱく》の気合いと共に叫ぶと、教祖の頭上めがけて、無我夢中で桜大幣を振り下ろした。

次の瞬間、渦巻く風と共に、視界を塞《ふさ》ぐほどの無数の桜の花片が舞い散る。

「ぎゃあああああああああぁぁぁぁぁぁっ!」

桜の花片と閃光に包まれ、教祖は断末魔の如《ごと》き悲鳴を上げた。


——た、倒したの?


閃光が消え、桜が静かに舞い落ちる畳の上、そこには枯れ木と見まがうような老人が横たわっていた。

「!?」

「これが教祖の本当の姿だ」

海斗《かいと》は冷ややかな視線で教祖を見下ろす。未來《みく》は思わず息を呑《の》み、その場に立ちすくむ。

「まさか、ボクが祓《はら》ったせいで……こうなっちゃったの？」

「元々、老人だったのだ。永い間、他人の若さを吸い取っていたんだろう。そのために、若い女を集めていたんだ」

淡々と告げる海斗《かいと》の言葉に、未來《みく》はそれ以上正視できず視線をそらしてうつむいた。

まだ動ける忍者らが、横たわっている老人の前にひざまずく。

「教祖様！」

「おのれっ、教祖様の仇《かたき》！」

彼らはあふれる涙を片手で拭うと、振り向きざまに抜刀し、未來《みく》に襲いかかる。

「お待ちなさい！」

教祖が声を張り上げる。虚を突かれた未來《みく》の喉元《のどもと》で、三本の刀がぴたりと静止する。

海斗《かいと》の雪清《せっせい》が、全ての刀を同時に受けきっていた。

「勝手にアタシを……殺さないで頂戴《ちょうだい》」

お導き役と忍者たちは刀を捨て、息も絶え絶えに横たわる教祖の傍《かたわ》らに座った。

海斗《かいと》も雪清を鞘《さや》に納め、未來《みく》はほっと安堵《あんど》のため息をつく。

「きょ、教祖様……」

「……アタシの負けよ。いくらご奉仕の精神を途絶えさせたくはなかったとしても、人間を喰《く》らってまで生き延びちゃいけなかった」

「教祖様……」

「起こして頂戴」

よろよろと教祖が立ち上がろうとするのを、お導き役が支える。

「ごめんなさいね。貴方《あなた》たちまで影憑《かげつき》にしてしまって。そのお嬢さんに祓ってもらって、人間に戻りなさい」

「ちょっと、貴方、何一人で勝手に諦《あきら》めてますの？」

いつの間にか未來《みく》と海斗《かいと》の後ろで生徒会長が仁王立ちしていた。その横に鳴子《めいこ》と流歌《るか》もいる。

錬《れん》と鈴《りん》の二人は戦闘が終わった途端、緊張の糸が解けたのか、二人仲良く並んで睡眠中だ。

それを後目に生徒会長は腰に両手を当て、今や老人の姿に戻った教祖を詰問《きつもん》する。

「わたくしの恋を叶《かな》えてくれるという約束は、どうなさるおつもり？」

当然の要求だとでも云《い》うような生徒会長の言葉に、教祖は苦笑した。

「恋愛ぐらい自分の力でなんとかなさい。アンタほど若くて綺麗なら、どんな恋だって叶うわよ。自信を持ってうまくおやんなさい……でもまあ、アンタを信者にしたアタシにも責任があるから、教祖の最後の仕事として、アンタの幸せは祈っといてあげるわよ……」

教祖は力無くそう応《こた》えると、フッとその意識を手放した。お導き役が教祖の軀《からだ》を支え、ゆっくりと畳の上に寝かせる。おそるおそる近寄ってきた流歌《るか》が声を震わせながら未來《みく》に訊《たず》ねる。

「あのう、教祖様、亡くなっちゃったんですか？」

未來《みく》はゆっくりと首を横に振る。

「じゃあ大丈夫なんですね、良かった、おかげさま。……ところで未來《みく》さん。わたしを助けにきてくださったんですよね？」

流歌《るか》は目を潤《うる》ませながら、未來《みく》の手を握った。

「もちろんです。ボクたちは友達……いえ、姉妹のようなものじゃないですか」

未來《みく》は力強くうなずいて流歌《るか》の手を握り返す。

「ありがとうございます。このご恩は一生忘れません。いつか、未來《みく》さんに何かあったら、今度はわたしが、この命に代えて護《まも》りますね」

しかしその次の瞬間、流歌《るか》は生徒会長に弾き飛ばされていた。

流歌《るか》は珍しく真顔になって云《い》う。

「わたくしの、白馬の王子様！　プリンス海斗《かいと》！」


——プ、プリンス海斗《かいと》っ⁉


振り返る未來《みく》を押しのけ、生徒会長は海斗《かいと》に抱きついた。

「海斗《かいと》様が助けにきてくださらなかったら、きっとわたくし、この場で命を落としていたことでしょう。海斗《かいと》様が身を挺《てい》して救ってくださったこの命、これからは永遠に海斗《かいと》様のためだけに生きていこうと、このプリンセス悠那《ゆうな》、かたくかたくかたく決意いたしました！」

「あー。ご無事で何よりです。もうすぐ他の神憑隊《かみつき》や憲兵と共にお父上もお見えになることでしょう。あ！　来られたようですよ。御前賀《おまえが》大将閣下、お嬢様はこちらです！」

まるで計ったかのようなタイミングで、近衛《このえ》師団が奥座敷になだれ込んできた。その陣頭には、生徒会長の父、御前賀《おまえが》大将の姿があった。周囲が一気に慌ただしくなる。

「青音《せいね》准佐《じゅんさ》！　よくぞ娘を、いや、無辜《むこ》の信者たちを救出してくれた。礼を云うぞ」

「いえ、隊務ですので。では失礼致します！」

海斗《かいと》は抱きつく悠那《ゆうな》から逃げるように、敬礼もそこそこに踵《きびす》を返した。

「ああん、海斗《かいと》様ったら！　未來《みく》さん、海斗《かいと》様を捕まえて！」

――えっ、ボクが？

「未來《みく》！　何をぐずぐずしている。帰るぞ、お前も手伝え！」

疲れて眠ってしまった双子を、海斗《かいと》が軀《からだ》をかがめて背中におぶう。

「ご、ごめんなさい、生徒会長、ボクも行かないと」

錬《れん》を背負って先に駆け出した兄を、未來《みく》も鈴《りん》を背負って追いかける。

現場から消えた隊長の代わりに、副隊長の鳴子《めいこ》が近衛師団が連行する教祖らの護送に付き添っている。残念そうに深いため息をつく生徒会長の横に、流歌《るか》がそっと並んだ。

「これをきっかけに、またご奉仕に熱心な教団に戻ってほしいですね」

「何云ってるのよ、あなた」

生徒会長は呆《あき》れたような顔で流歌《るか》を見やった。

「あの出来損ないの未來《みく》さんが、命を賭して救った教団だもの。当然、良い方に変わってくれなければ、このわたくしが許しません」

帝都櫻京學院《おうきようがくいん》　生徒手牒《てちよう》　中等科女子部弐年《に》櫻《さくら》組　初音未來《はつねみく》

葉月《はづき》九日

朝から天氣《てんき》大いに良し。午後、鈴《りん》と水堀の竝木《なみき》道にて摘み草をしてあそぶ。
白詰草《シロツメクサ》が美しきなり。鈴《りん》が四葉の花言葉は幸福なのだと云《い》ふ。
文化人形と揃ひの花冠をこしらへ鈴《りん》はうれしげ。錬《れん》はごろ〳〵とずつと晝寢《ひるね》。

葉月一四日

幸福とは日々滿ち足りて不平不滿が無いこと。辭書《じしよ》の通りであるのなら、
わたくしは幸福とは無緣。わたくしの摘んだ四葉は赤詰草《アカツメクサ》白詰草どちらの詰草か。
赤ならば實直《じつちよく》、白ならば約束。わたくしが摘んだ四葉はきつと赤。

葉月三一日

誕生日に燈《あか》り付き西洋菓子をいたゞく。美味。
夜までゆる〳〵と過ごす。今年の誕生日も無事に過ごせた。
一四になつたわたくしに、わたくしは云《い》い聞かせる。
幼き日の夢現《ゆめうつつ》は幻といふことを。

長月《ながつき》一日

始業式。宿題を全て提出。

今日も特訓。

しかし、いまだ神器《しんき》も護符も出てくれなひ。どうして。

アヽ情《なさ》けなきこと。くやしくて〱、たまらない。

長月三日

百貨店の十字屋へ。

御兄様がわたくしの誕生祝いにと、蓄音器とレコードを買つて下さつた。

「ゴンドラの唄《うた》」「この道」「カチユーシヤの唄」

計三枚を買つて頂く。

「青《あお》い眼の人形」は鈴《りん》に、「おもちやのマーチ」は錬《れん》に、
一枚づヽ御土産《おみやげ》。皆で何度も〱聴《き》きながら歌ふ。

御兄様は御自分でお選びになつたレコードを御部屋で聴いていらつしやる。

「早春賦《そうしゆんふ》」

珍しくずいぶんとセンチメンタルなお歌……。

伍幕

雪桜兄妹

――ゆきさくらきょうだい――

帝都をどんよりと低く覆った鈍色《にびいろ》の空が、本格的な冬の訪れを告げていた。

そんな寒空の下、未來《みく》はカフェ『みるくほうる』の二階にある露台《バルコニー》の手摺《てす》りに腰かけ、白化粧を始めた街と千本桜《せんぼんざくら》を遠くに見つめていた。

「はぁ……」

雪に交じりひらひらと舞い落ちる桜の花片《はなびら》に手を伸ばし、一人、物思いにふけるように深いため息をつく。


そんな寒空の中、いつまでも露台に出たきり戻ってこない妹を、こっそりと店内から心配げな表情で見つめている男に、店長は痺《しび》れを切らしたように声を掛ける。

「いったい、あの子はどうしちまったのかねえ？　店に来てから、ずっとあんな調子で惚《ほう》けてるじゃないか。あんたら、珍しく兄妹《きょうだい》げんかでもしたのかい？」

「はは……まさか。我が隊は先日の大捕り物の後で目下《もっか》、休暇中です。各自、自由に過ごしているに過ぎませんよ」

内心の動揺を隠すように素っ気なく応《こた》えると、海斗《かいと》はウラン硝子《ガラス》の酒杯の底に残った蒸氣《じょうき》ブランを一息に呑《の》み干した。

無論、誰に云《い》われるまでもなく、ここ最近、妹の様子がおかしいということは海斗《かいと》も重々承知している。だからこそ、隊員たちへの労《ねぎら》いも含め、未來《みく》のお気に入りの店であるみるくほうるへと、やってきたのだ。

この天候のせいか、店内には神憑《かみつき》特殊桜小隊の隊員以外に客はいない。

カフヱ唯一の女給である流歌《るか》も暇で暇で仕方ないらしく、先ほどから何度も口元に手を当てては眠たげにあくびを噛《か》み殺している。

同じテーブル、海斗《かいと》の正面で、錬《れん》は大好きなシベリアとコロッケをお腹《なか》いっぱい食べ、これ以上ないくらい幸せそうな顔で昼寝をしていた。

その弟の隣では、鈴《りん》がクレヨンで画用紙に絵を描いて一人夢中で遊んでいる。

そして鳴子《めいこ》は、そんな海斗《かいと》の胸中を知ってか知らいでか、ほろ酔い気分で鼻歌まじりに日本酒をあおっていた。

「……鳴子《めいこ》。未來《みく》はいったい、どうしたんだ？」

助けを求めるように、海斗《かいと》は小声で問い掛ける。

「何か未來《みく》にしたんじゃないの？　貴方《あなた》が気づいてないだけで」

鳴子《めいこ》は手酌《てじやく》で杯《さかずき》に口を付けながら、どこかとぼけた表情で応えた。

「いや、俺には何も身に覚えはないが……」

「ふうん、だったら、少し『おセンチ』になってるのかしら。きっとそういう年頃なのね。あたしにも覚えがあるわ。古今東西、乙女《おとめ》の心は複雑なのよ」

「おセンチ？　なんだそれは」

海斗《かいと》は眉《まゆ》をひそめて訊《たず》ねる。

「センチメンタル。女學生《じよがくせい》の間で流行《はや》ってる言葉よ。貴方《あなた》ったら本当にそういうの疎《うと》いわね」

「あいにく俺には無縁の世界だからな。お前だってそうだろう？」

「あら、あたしは密偵だもの。女學生でも幼稚園児でも黒板でもなんでもござれよ」

鳴子《めいこ》は得意気に胸を張って云《い》うと、空になった酒瓶を振って、暇を持てあましている女給の流歌《るか》にお代わりを促す。海斗《かいと》は再び、ちらりと窓の外の未來《みく》の様子をうかがった。

あたかも、ここではないどこか遠くの世界にでも思いを馳《は》せているような、そんなさみしげな横顔。それは長年、親代わり兄代わりとして妹を完璧な淑女《しゅくじょ》に育ててきた海斗《かいと》にとって、胸が締め付けられる、そんな切ない姿だった。

「ぜんぶ海斗《かいと》兄が悪いんだよ……ムニャムニャ」

錬《れん》がやけに具体的な寝言を云った。途端に周囲の冷たい視線が一斉に海斗《かいと》に突き刺さる。

この状況の全ての原因が、まるで自分にあると云わんばかりの空気だ。

「ここにいたら、俺までそのおセンチとやらになりそうだ……」

海斗《かいと》は白手袋を外すと、片手で額をおさえながら、深いため息をついた。

ふと、露台《バルコニー》に続く窓の近くに置かれた木目調の古ピアノが目に入る。

遠い昔、まだ幼かった未來《みく》がぐずったり、駄々をこねる度に、海斗《かいと》がピアノやセロを奏でてやると、よほど音樂《おんがく》が好きなのか、未來《みく》は明るさを取り戻してうれしそうに歌い出したのを思い出す。海斗《かいと》はやれやれと降参したように立ち上がると、古ピアノへと向かい、びろうど張りのタッセルフリンジをあしらった丸椅子《まるいす》に腰掛けた。

そして再び露台の妹の横顔を見やってから、思い出の一曲を奏で始めた。

♪春は名のみの　風の寒さや
♪谷の鶯《うぐいす》　歌は思えど

露台で一人、千本桜《せんぼんざくら》を見つめていた未來《みく》は、兄の歌声とピアノの音に振り返った。

カフェの窓越しにピアノを奏で歌う海斗《かいと》の姿が見える。

その姿と聞き覚えのある旋律、蘇《よみがえ》る奇妙な既視感に未來《みく》は首をかしげた。


――この歌と音色をボクは知ってる……？


この時代のことは何一つ知らないはずなのに、未來《みく》の中の何かがこの世界を覚えている。

いや、考えてみれば、こちらに来てから似たようなことが何度かあった気がする。

もしやこちら側の大正が現実で、あちら側の世こそ夢だったのかもしれないと、錯覚してしまいそうになる。そんな思いに囚《とら》われながら、自然とその先の詞《ことば》が未來《みく》の口をついて出た。

♪時にあらずと　声も立てず

――嗚呼《ああ》、懐かしいこの旋律と音色。でも、なんでボクはこれを知ってるんだろう？

未來《みく》は記憶を手繰《たぐ》るように歌い続ける。

大階段の大時計、兄の部屋のピアノ、兄妹の写真、満開の大正桜の庭、脳裏に浮かぶそれらの光景はまるで破れた古いアルバムのようにひどく断片的だ。

今の未來《みく》には、その前後のつながりを思い出すことがどうにも叶《かな》わない。

もしもこの世界にい続ければ、やがてはそんな継《つ》ぎ接《は》ぎの記憶を繋ぎ合わせることが出来るのだろうか。だがそれは同時に、元の世界に戻れなくなりやしないだろうか？

そんな予感がして、未來《みく》はハッと面《おもて》を上げ口をつぐんだ。

いつかは平成の世へ帰れる時が来るのだろうと、心のどこかで高《たか》をくくっていた。

しかしよくよく考えてみれば、未來《みく》はこの世界へ旅行に来たわけでも、移住しに来たわけでも無い。元の世界に帰れる保証など、端《はな》からどこにも有りはしないのだ。

小説や映画やアニメのように、最後に悪者さえ倒せば一件落着するものだと気楽に構えていた。しかし現実には、御影様《おかげさま》教団の事件を解決しても、未來《みく》は元の世界に戻るどころか、帰る術《すべ》はおろか、この世界へ来た原因すらもつかめず、何一つとして問題は片付いていない。

未來《みく》は途端に心細くなり、自分の両肩を強く抱きしめた。

まるでこの世界に、たった一人置き去りにされたような強烈な孤独感。

未來《みく》の心の奥底で、こぽりと穴の開く音が聞こえた。

すると、粉雪交じりの桜吹雪の闇の向こうに、あの春の日、満開の桜の下で別れた、平成の家族たちの姿が見えた気がして、未來《みく》は思わず露台《バルコニー》の縁に身を乗り出し、その手を伸ばした。

桜の木の下で歌う自分を錬《れん》と鈴《りん》が楽しげに茶化して笑う。

「夢の世界って……未來《みく》姉ってば、去年もそんなこと言ってなかった？」

「言ってた、言ってた。遠い昔の大ーっきな桜の木の話」

その真向かいに座していた鳴子《めいこ》が、未來《みく》の顔を見据える。

その瞬間、露台《バルコニー》の縁がぐにゃりと影に沈み、足場を失った未來《みく》を軀《からだ》ごと闇へ引きずり込む。

「え？」


——しまった！


咄嗟《とっさ》に身を引いたものの間に合わない。

露台の下に突如として出現した得体の知れない黒い穴へと転落しかけた次の刹那《せつな》、未來《みく》の腕がぐいと引っ張られ、軀ごと青藍《せいらん》の軍服に抱き留められる。

「に、兄様！」

右手に顕現《けんげん》させた海斗《かいと》の刀が闇を斬り裂き、あっという間に影が霧散していく。

兄の胸に顔を埋め、未來《みく》は己の非力さに改めて唇を噛《か》みしめた。

兄がいてくれなければ、自分は今、為《な》す術《すべ》も無くあの影の穴に呑《の》み込まれていただろう。

内外昼夜を問わず、影という影に魔が潜む魔窟――一瞬の気の緩みが命取りとなる。そうなのだ。この大正一〇〇年の帝都とは、こういう場所なのだ。

「大事ないか、未來《みく》」

海斗《かいと》は肩に掛けていた自身の外套《がいとう》を、震える未來《みく》の肩に羽織らせる。

ずっしりと重い無骨な軍用外套は、見た目に依《よ》らず暖かい。それはまるで兄の不器用な優しさを思わせて、恐怖に凍《い》てつく未來《みく》の心をゆっくりと溶かしていった。

「あ、ありがとう、兄様……。その、ボク……」

「よくやったな、未來《みく》。それでこそ、俺の自慢の妹だ」

「え？」

「言霊《ことだま》も唱えずに神器《しんき》を顕現できれば、もう一人前だ」

思いがけない兄の言葉に、未來《みく》は自分の両手を見つめた。

その手中には、神器『桜大幣《さくらおおぬさ》』が、あたかも最初からそこに存在していたかのように、しっかりと握られている。

「あ、あれっ？　ボクってば、いつの間に⁉」

大きく瞳を見開いて不思議そうに己の神器を見つめる未來《みく》の背を、海斗《かいと》は無言でぽんぽんと優しくたたく。そっと見上げる未來《みく》へと、励ますように海斗《かいと》は穏やかにほほえんだ。

「未來《みく》姉！」「未來《みく》！」「未來《みく》さん！」

事の異変に気づいた家族たちが、銘々《めいめい》の神器を手に、カフェの室内から露台へと飛び出して、二人の元へと駆けつけてくる。流歌《るか》や店長まで鍋の蓋《ふた》やお玉で完全武装し、やる気満々だ。

そんな彼らの姿に先ほどまでの不安はすっかり消え去り、代わりに、温かな感情が止めどなく未來《みく》の胸に込み上げてくる。

今、確かに自分はここにいる――それがきっと答えなのだろうと未來《みく》は思う。

この場所で、自分が必要とされている限り、彼らに寄り添い、共に生きていこう。

平成の日本も色々あるけれど、この大正一〇〇年の日本も大変なのは変わらない。

同じ日ノ本《ひのもと》の空の下、人々は生命の糸を紡ぎ、日本という歴史の錦を織り続け、力強く生きている。どんな國難《こくなん》にも負けない強い大和魂《やまと》は、時は違えど受け継がれていく。

永久に咲き続けると云《い》われる『千本桜《せんぼんざくら》』と帝都『桜京《おうきょう》』の物語を、いつの日かあの時代の彼らに話す日が来るまで、大正一〇〇年の世で懸命に生きようと未來《みく》は心に誓った。

登場人物とモチーフになったキャラクター

●初音未來→初音ミク　●青音海斗→KAITO　●鏡音鈴→鏡音リン
●鏡音錬→鏡音レン　●紅音鳴子→MEIKO　●巡音流歌→巡音ルカ

初音《はつね》ミクとは

クリプトン・フューチャー・メディア株式会社が開発した、歌詞とメロディーを入力して誰でも歌を歌わせることができる『ソフトウェア』です。大勢のクリエイターが初音ミクで音楽を作り、インターネット上に投稿したことで一躍ムーブメントとなりました。『キャラクター』としても注目を集め、今ではバーチャル・シンガーとしてグッズ展開やライブを行うなど多方面で活躍するようになり、人気は世界に拡がっています。

WEBサイト　http://piapro.net

※上記キャラクターはモチーフであり、本書籍の登場人物のキャラクター設定とは異なります。

この作品は、楽曲「千本桜」(作詞・作曲：黒うさP)を原案にして制作されたものです。

参考文献

『江戸吉原図聚』三谷一馬　(中公文庫)
『歴史ＣＧシリーズ　江戸の華　吉原遊郭』(双葉社スーパームック)
『華族』小田部雄次　(中公文庫)
『華族家の女性たち』小田部雄次　(小学館)
『華族たちの近代』浅見雅男　(ＮＴＴ出版)
『華族令嬢たちの大正・昭和』華族史料研究会編　(吉川弘文館)
『女学校と女学生』稲垣恭子　(中公新書)
『明治のお嬢さま』黒岩比佐子　(角川選書)
『明治・大正・昭和　華族事件録』千田稔　(新人物従来社)
『明治・大正・昭和　華族のすべてがわかる本』新人物従来社編　(新人物従来社)
『大正という時代「１００年前」に日本の今を探る』毎日新聞社編　(毎日新聞社)
『大正時代　現代を読みとく大正の事件簿』永沢道雄　(光人社)
『戦術と指揮　命令の与え方・集団の動かし方』松村劭　(ＰＨＰ文庫)
『図解日本陸軍歩兵』中西立太・田中正人　(並木書房)
『写真で学ぶ　全剣連居合』岸本千尋・小倉昇・剣道日本編集部編　(スキージャーナル)
『武術の科学　ルールに縛られない戦闘術の秘密』吉福康郎　(ソフトバンククリエイティブ)
『格闘技「奥義」の科学　わざの神髄』吉福康郎　(講談社)
『図解　巫女』朱鷺田祐介　(新紀元社)
『図解　メイド』池上良太　(新紀元社)

本書は2013年3月、小社より刊行された単行本を文庫化したものです。

あとがき

黒うさP

文庫本シリーズ
おめでとうございます。
より多くの方に
楽しんでいただけるのではないかと
僕も非常に嬉しく思っております。

一斗まる

BEANS BUNKO

「小説 千本桜 壱」の感想をお寄せください。
おたよりのあて先
〒102-8177 東京都千代田区富士見2-13-3
株式会社KADOKAWA 角川ビーンズ文庫編集部気付
「黒うさP」先生・「一斗まる」先生
また、編集部へのご意見ご希望は、同じ住所で「ビーンズ文庫編集部」
までお寄せください。

小説《しょうせつ》
千本桜《せんぼんざくら》 壱《いち》

原案／黒《くろ》うさP／WhiteFlame 著／一斗《いっと》まる

角川ビーンズ文庫 20725

平成30年1月1日 初版発行
令和5年4月20日 4版発行

発行者———山下直久
発 行———株式会社KADOKAWA
〒102-8177 東京都千代田区富士見2-13-3
電話 0570-002-301（ナビダイヤル）
印刷所———株式会社暁印刷
製本所———本間製本株式会社
装幀者———micro fish

●お問い合わせ
https://www.kadokawa.co.jp/ （「お問い合わせ」へお進みください）
※内容によっては、お答えできない場合があります。
※サポートは日本国内のみとさせていただきます。
※Japanese text only

ISBN978-4-04-106282-1 C0193 定価はカバーに表示してあります。

◇◇◇